大畫情聖
九
漫天要價
上山打老虎 著

大畫情聖

【目錄】

第一三一章
杭州名妓蘇小小

「你……是……」沈傲看著「蘇小小」，差點一屁股坐在地上，瞪大了眼睛，上下仔細地打量眼前的女子。

「蘇小小」聽到沈傲的聲音，將眼眸微微一張之後，下一刻突然也瞪大了，看著沈傲不由地驚呆了。

用了午飯，便有一輛大車穩穩地停在了縣衙門口，先是有人通報，隨即沈傲見一個管家模樣的人來見禮，這人躬身道：「大人，彩頭已經帶來了。」說罷，從腰間掏出一大遝厚厚的錢引，放在沈傲一邊的案上：「這是三萬貫錢引，大人要不要點驗？」

沈傲搖搖頭：「不必了，我還是很相信杭州父老的。」

管家又掏出一張房契，道：「這是西子湖畔的宅邸，請大人過目。」

沈傲朝釋小虎使了個眼色，口裏道：

「不用過目了，這叫君子之心不度君子之腹，杭州的才子都是謙謙君子，恰好本大人也是汴京有名的君子，關於這一點，汴京城上上下下皆是如此稱讚的，兄台聽說過一句話嗎？平身不見沈才子，便作君子也枉然。這就是用來形容本大人人品高潔，雖出生於這渾濁世界，卻是出淤泥而不染。不過，這些話我給你說說也就是了，你不要傳出去，本大人愛清靜，不願意受人吹捧的，想當年，汴京的名流紛紛要給本大人立一座貞潔……啊，說錯了，是節義牌坊，本大人斷然拒絕，知道為了什麼嗎？便是不喜歡做這種拋頭露面的事。」

沈傲的這番話，讓這管家的腦袋感覺有些暈乎乎的，只是帶著微笑點頭道：「是，是。對了，大人，外頭還有我們杭州名妓蘇小小，人就在外頭，待會兒小的叫人用軟轎將她抬進來，大人還有什麼吩咐嗎？」

沈傲所坐的是外廳，外廳裏頭是個耳房，聽了管家的話，耳房裏傳出一陣清脆的咳嗽，沈傲一聽，那是春兒的聲音，立即正襟危坐道：

「名妓就免了吧，本大人潔身自好，從不沾染女色的，你把她送回去吧！」

管家苦笑道：「人都已經贖出來了，小的若是送回去，只怕也交不了差，還是由大人處置吧。」說罷，拱了拱手，轉身走了。

春兒從耳房裏出來，似笑非笑地看著沈傲，沈傲與她的目光對視，哈哈一笑，道：「夫人，你不是正缺一個丫鬟嗎，就叫這蘇小小來伺候你吧，哎，杭州人還不知道我的高尚品德，硬要把女人往我這裏送，真是麻煩。」

春兒想了想，道：「夫君，你三妻四妾，春兒是不會反對夫君的，不過，周小姐那邊你得自己去解釋，她是最恨你有了四個妻子還不夠，還要四處拈花惹草的。」

「還是春兒疼我。」沈傲作勢要過去給春兒獻上一個吻，春兒笑嘻嘻地連忙避開。

過了片刻，便有一頂軟轎抬進來，放置在正中，沈傲好奇地打量，心裏想，這名妓的樣子到底長得怎麼樣呢？他朝春兒努努嘴，示意春兒去掀開轎簾。

春兒頗有些不情願，想了想，還是伸手將轎簾掀開，只見一個嬌弱的女子從轎子裏盈盈出來，她戴著一頂金釵帽子，帽子下是一串流蘇，恰好擋住了臉，兩側鏤空的蝴蝶裝飾連接著流穗，下接著各色松石珠穿編成的網簾，簾長及肩，火紅的牡丹嵌花掐腰織錦長袍，勾勒出她嬌小豐滿的身形。

「居然還玩神秘！」沈傲打量著那流蘇之後的臉，對方好像緊緊閉著眼睛，既生澀又害羞，雙肩微微顫抖，連腿肚子都打著哆嗦。

「還會害羞！」沈傲心裏直樂，連忙道：「小姑娘不必害怕，我不是個壞人，來，春兒，把她的流蘇打開來我看看，這杭州名妓，還真沒有見識過。」

春兒不由地笑了，不過她也有幾分好奇，輕輕地用手掀開流蘇，定神一看，看到一個小女孩兒雙眸緊閉，瓜子臉兒凝起，啊呀地大叫一聲。

「你……是……」沈傲看著「蘇小小」，差點一屁股坐在地上，瞪大了眼睛，上下仔細地打量眼前的女子，好眼熟啊！

「蘇小小」聽到沈傲的聲音，終於將眼眸睜開了一線，微微一張之後，下一刻突然也瞪大了，看著沈傲不由地驚呆了：

「你……是……」

二人對視了許久，沈傲終於敗下陣來，苦笑道：「郡主怎麼來了杭州，居然還做了名妓，真是教人大開眼界。」

春兒一時肅容，這才想起眼前這個熟悉的人是誰。

來人不是蘇小小，而是趙紫蘅，這小郡主明明是在汴京，卻不知怎麼的，竟是來了杭州，來了也就來了，卻搖身一變，成了杭州名妓……沈傲想破腦袋，也絕想不到來人竟是這個丫頭。

趙紫蘅見了沈傲，哇地一聲大哭起來，沒有多想地摟住了沈傲的腰，又是猛搥，又是用沈傲的前襟去擦她的眼淚，邊哭邊道：

「沈……沈傲，怎麼是你啊，幸好，幸好，若不是你，那我可糟糕了……嗚嗚……」

「喂，小丫頭，本官士可殺不可辱！你這是做什麼？我夫人在邊上看著呢，救命啊，非禮啊……」

沈傲連連後退，這小丫頭好噁心，竟將他的衣衫當抹布用，又是擦眼淚又是擦鼻涕。

趙紫蘅抽泣了一會兒，用沈傲的袖襬擦乾了淚，春兒給她泡了一壺茶來，她抱著茶水解了渴，才慢吞吞地道：「就在沈傲去赴任的時候，我去宮裏沒有討要到《畫雲臺山記》，就回去尋我爹商量……」

「等一等！」沈傲打斷她：「原來你和你爹早就商量好了，一個故意躲起來，一個去敲詐勒索的？」

趙紫蘅嗔怒地看著沈傲：「這哪裡是敲詐勒索了？這叫物盡其用。」

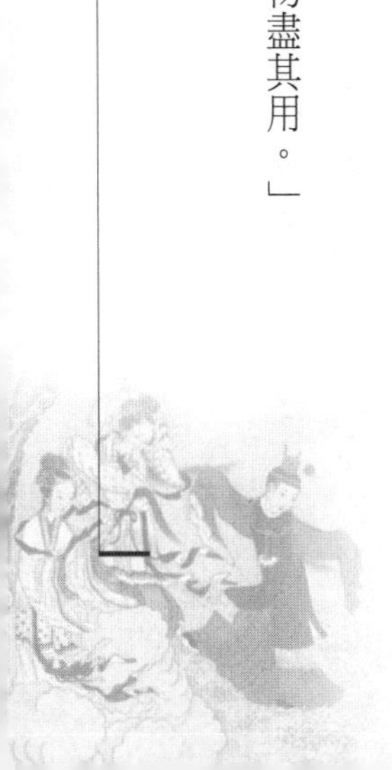

沈傲不想和她爭辯，無奈地道：「對，對，物盡其用，然後呢?你就來杭州了?」

趙紫蘅道：「不是我一個人來的，是我爹帶我來的，我爹說了，不如出京城去避避風頭，於是我們就來了。」

沈傲搖頭：「人生地不熟，虧得你們膽子大。」

趙紫蘅咬著唇道：「哪裡人生地不熟了，我們是來尋轉運使江炳江叔叔的，江叔叔是我爹的表兄弟，是太后的侄子，我爹和他一起長大的。」

沈傲頷首點頭，心想，轉運使江炳是欽慈太后的親侄子，而晉王又是欽慈太后的兒子，二人關係好倒也說得通，想著便繼續問道：

「那麼晉王想必已經在轉運使的府上了?」

趙紫蘅搖頭：「才沒有呢，我們去那裏尋他，門口幾個守門的官兵好兇惡，對我們說江叔叔不在，還說轉運使大人不是想見就能見的，就把我們趕走了。」

沈傲苦笑，道：「你們爲什麼不亮明身分?」

趙紫蘅神神秘秘地道：「你這人真笨，宗室不能出京，亮明了身分，豈不是天下人都知道我爹和我犯了宗室禁令嗎?」

咦，他們居然還不傻，沈傲驚愕地看著趙紫蘅，真不知他們二人是怎麼生存在這個世界上的。苦笑道：「後來呢?」

「後來我和我爹沒有辦法，於是打聽到江叔叔今日會去熙春橋，我爹說要到那裏等他，昨天夜裏就先去了，我爹說餓了，看到一處地方便帶我去用了餐，誰知那幾個店夥竟要收我們的錢。」

居然還誰知人家要收你錢？你吃了人家的飯，收你的錢是天經地義的，好不好！你當這裏是京城，是人都認識你那混賬老爹啊？沈傲搖了搖頭，心裏直嘆氣。

「我爹就說，錢我們沒有帶，要錢，就去找轉運使江炳去要！」

沈傲拼命咳嗽，臉色古怪，要錢找江炳？虧晉王能說得那般理直氣壯。

「之後呢？」

趙紫蘅慘兮兮地道：「結果我爹被幾個人揪住，說要捉他去報官，我爹說好，就是叫你們去報官。」

「……」

趙紫蘅見沈傲目瞪口呆，眼睛都腫了：

「再後來，那家店的店主就說，報官太麻煩，就叫我們兩個在店裏做活，我爹在後廚裏給人燒火，我被人叫去給蘇小姐端茶遞水。那蘇小姐對我好極了，不過她似是有什麼心事，昨天夜裏總是哭，我就問她，姐姐你哭什麼。蘇小姐就說，女人的命運爲什麼都不能由著自己。我看她可憐，就安慰她，她哭我也哭，然後我才知道，蘇小姐要被人拿去送人，我……我就取代她……」

「……」

趙紫蘅跺了跺腳：「你爲什麼不說話？」

「……」

「你說話呀。」

沈傲吁了口氣：「我……我無話可說，你等等，讓我緩口氣，對了，你爹還在那家店裏？」

趙紫蘅點頭：「是啊。」

沈傲連忙叫人將都頭叫來，讓他立即帶了差役去將人請來。

沈傲坐著，好好地喝了口茶，眼睛呆滯，好半天才回過神來，看了身邊的趙紫蘅一眼，有些不太真切，這一對父女實在……，又嘆了口氣，搖搖頭，開始思索，現在該怎麼辦？

按道理，宗室不能出京，所以這件事不能宣傳出去，對了，沈傲想起來，自己還有個秘密上疏的特權，立即叫春兒先照看著趙紫蘅，說是照看，其實就是監視，別讓她再胡鬧了。自己立即跑到臥房裏去，神神秘秘地去尋了筆墨，將這件事原原本本地寫成密奏，用錦盒裝了，貼上封泥，叫人八百里加急火速送入宮中。

待他出了臥房，在院子裏，看到趙紫蘅正咬著筆桿子作畫，沈傲不敢再去招惹這小姑奶奶，愣愣地呆坐了一會，隨即哂然一笑，干自己屁事，他們既然來了，那就好好看著，到時候丟給那江炳，讓他想辦法送回京城就是。

過不多時，晉王趙宗嘻嘻哈哈地走進來，一看到趙紫蘅，大喜過望：「紫蘅……嘻嘻，爲父還很擔心你呢，咦，沈傲，想不到我們在這裏遇見。」

沈傲板著臉道：「晉王，你私自出京，已是大罪，不許嘻嘻哈哈，來人，把他們請到後廂去，好好看牢了，出了差錯，拿你們是問。」

趙宗道：「我肚子餓了，能不能找點吃的來。」

沈傲朝春兒使了個眼色，春兒會意，道：「我叫廚子去做。」

有了這兩個拖累，沈傲一夜沒有睡好，當天晚上清點了一遝遝的錢引，將三萬貫悉數交到春兒手上，對春兒道：

「那個宅子我已經叫人看過，就在西子湖畔，位置絕佳，將它改作茶肆最好不過。這些錢你收著，一部分留著作家裏的用度，其餘的想辦法叫人多盤幾個鋪子，盡速將茶肆開起來，遍地開花。」

春兒會意地點了點頭，接了錢，小心地收好。

誰都不肯吃虧。

第二日，沈傲趕著去辦公，一大清早醒來，便聽到後園裏傳來爭吵聲，跑到那裏去看了看，原來是趙紫蘅和狄桑兒吵起來了，這二女都是驕橫無比的大小姐，互不相讓，誰都不肯吃虧。

沈傲搖了搖頭，不去理她們，徑直去了刑房，剛剛落座，宋大江便神神秘秘地湊過來，低聲道：「大人，縣丞晝青已經赴任了。」

晝青？沈傲一副淡然的口吻，慢吞吞地道：「他來赴任就赴任，和本官有什麼干係。」心裏想：「晝青的命真大，居然逃出了虎口。估計是那些刺客發現抓錯了人，所以將他放了回來。」

宋大江道：「大人，可是我方才聽他和縣令說話，提及到了大人，說是大人害了他，還說要去安撫使、提刑使那兒告大人的狀。」

沈傲微微一笑：「任他告去。」

宋大江見沈傲一副不以爲意的樣子，便訕訕地道：「那學生去辦公了。」

過不多時，有個皂吏進來道：「大人，縣令請大人過去。」

沈傲長身而起，打了個哈哈：「我立即就來。」

隨著皂吏到了後衙，沈傲跨入門檻，便看到縣令于弼臣滿是爲難地低頭喝茶，在他的身側，欠身坐著的正是晝青。

畫青臉色蒼白，一副驚魂未定的樣子，見沈傲進來，冷笑一聲，道：「沈縣尉，快將我的包袱還我。」

于弼臣道：「沈縣尉，你拿了畫大人的包袱嗎？」

沈傲慢吞吞地先朝于弼臣行了禮，隨即道：「是我拿了，當時畫縣丞爲賊人所乘，下官就想，這包袱應該收起來，待畫青脫離了虎口，再完璧歸趙。」說著，便叫人回自己的屋子去取了包裹，將包裹奉還。

畫青對包袱裏的東西很重視，連忙翻開了看，臉色鐵青地抬起頭道：「不對，裏面還有一封信，那是太師寫給提刑使金大人的，沈縣尉，私自拆閱太師的信可是大罪，你快還來！」

沈傲從懷裏摸出那封僞造的信，笑嘻嘻地道：「誰說我將信拆了？」

畫青把信搶過來，見信上的封泥完好，仔細檢查了一下，並沒有撕開的痕跡，這才鬆了口氣，接著冷冷地瞪了沈傲一眼：「沈縣尉，有一段公案，還要向你請教。」

沈傲坐下，道：「不知畫縣丞有什麼見教？」

于弼臣見二人勢同水火，身爲主官，也有些爲難，連忙道：「二位不必意氣用事，都是同僚，有什麼誤會，澄清了便是。」

畫青冷哼一聲，道：「澄清？那兩個刺客明明是來捉沈縣尉的，他們路遇了沈縣尉，沈縣尉爲了自保，竟是對賊人說畫某人就是他，刺客這才將我綁了去，我這沿途上餐風露宿，還不知飽受了多少拳腳，沈縣尉，陷同僚於死地，這是什麼罪？你別想否認，告訴你，待會我就去拜訪提刑使大人，請他爲我做主。」

沈傲呵呵一笑：「畫大人原來是要告狀，好極了，儘管告去。」

畫青鐵青著臉，捏著手上的信，冷哼一聲，朝于弼臣道：「縣令，下官暫先告退。」說罷，便拂袖而去。

于弼臣苦哈哈地笑了笑，捏著鬍鬚道：「沈縣尉，我問你，他說的可是屬實嗎？」

沈傲道：「屬實。」

于弼臣臉色有些蒼白，看了沈傲一眼，看來轉運使大人說得一點也沒有錯，這個傢伙，當真是個惹事精，只好道：「現在畫縣丞要將事情鬧大，你自己好好思量該如何應對吧，哎……」說罷，不由地嘆了口氣。

沈傲道：「大人放心，畫大人要去狀告下官，下官自有應對之法，誰告誰還不一定呢。」他笑了笑，又道：「若是沒有其他的事，下官就告辭了。」

拜別了縣令，沈傲在刑房呆呆地坐了半天的堂，心裏有許多事理不清，送名妓送來了個小郡主，這算是什麼事？現在不但招了這小郡主來，還連帶的來了個晉王，這對父女讓宮裏的那個皇帝頭痛著呢，千萬不要惹出什麼事來才好。

說來也好笑，別人巴望著這沈縣尉不要鬧出事來，沈傲現在反倒爲別人擔心，所謂惡人還有惡人磨，沈傲算是領教了。

此外還有畫青的事，眼下看來，這畫青是不肯甘休了，想著尋了個藉口將沈傲扳倒。沈傲雖不怕他，可是這檔子事鬧出來也是件麻煩事，攪得人心煩意亂。

到了下午，有人送來了請柬，說是轉運使大人請沈傲明日去赴宴。

赴宴，赴什麼宴？什麼轉運使，他認識我，我還不認識他呢！不過這樣也好，趁著這個機會將那兩個惹事精送出去。

天色黯淡下來，沈傲回到後園去，前頭有人來稟告，說是錢塘縣尉程輝來了。

沈傲讓人將他請進來，程輝也是剛剛下衙，提著一瓶不知從哪裡沽來的酒，見了沈傲便道：「沈兄，府上可有下酒菜嗎，我們喝酒。」

這個時候喝酒？沈傲深望程輝一眼，心知他一定有話要說，忙叫春兒招呼廚房，二人相互對坐，上了杯盞，程輝爲沈傲和自己斟上酒，當先仰脖喝了一口，吁了口氣，道：「來了杭州也有些日子，一直沒有機會和沈兄聚頭，實在慚愧。」

沈傲和他客氣幾句，邊喝酒邊閒聊些公務心得，其實但凡是做官，大多數時候還是很清閒的，尋常的事都是交給下頭去做，遇到一兩件大案才要勞動縣尉動身。

這裏的大案自然不是殺人之類的案子，一旦出了凶殺，縣尉只負責遣快吏收集旁證，叫仵作驗屍，有了嫌疑人，再叫都頭去拿人，由縣令去審。

縣尉署理的大案一般都不算大，比如沈傲前幾日便遇到過一樁，是一對鄰居，因爲東鄰建院牆建得高了，讓右舍很不滿意，說是擋住了他家的風水，這家人兒子多，四五個孔武有力的漢子要倚強凌弱，結果將人打了。

屁大的事兒報到了刑房，沈傲一看，啊呀，這可是頂天的大案，難得，難得，想不到這樣幸運，才走馬上任就遇到這天大的案子了，立即備了馬，帶來押司、都頭、快吏十幾個人蜂擁過去。

只是一般的打鬥事件，當然不能隨便捉人，這個時代講的是以理服人，其實和後世的庭外調解差不多，反正能不讓你們打官司，就儘量不要打，要和諧不要粗魯嘛。

於是就板著臉，這邊說孔聖人說過：德不孤，必有鄰。你怎能輕易打人呢，你太壞了，破壞社會和諧，小心抓你幾個兒子進監獄；一邊教諭，一邊恐嚇，打人的嚇得半死。另一面又對挨打的人說，這件事也就算了，他們雖然壞，但是總要給他們一個改正的機會嘛，睦鄰友好，和睦相處才是正理。

兩邊一說，打人的賠了挨打的一些醫藥費，道了歉，對於刑房來說，一件通天大案就算塵埃落定，到時候再教押司寫一份文書交上去，算是徹底結案。

沈傲的工作大抵如此，程輝也差不多，兩個人皆是苦笑。這樣的人生顯然不是程輝所憧憬的那樣，程輝苦哈哈地道：「早知是這樣，倒不如朝廷將我派到嶺南路去，到了那裏，或許能有一番作爲。」

嶺南在這個時候屬於邊窮地區，鄉間的械鬥很多，有時候爲了爭一口水源，幾個村子數百人提刀帶棒的廝殺，在那兒做縣尉確實很有挑戰性。

沈傲只是呵呵地笑，安慰他道：「程兄且忍耐，總有大展宏圖的一日。」

程輝有些微醉，也笑呵呵地道：「其實我這一次來，是向你透露兩個消息，這第一個嘛……」他嘆了口氣，道：「又不知從哪裡來了一個仙人，陛下很是信任，竟是要親自請他做法事，還發旨要大赦天下，大赦天下本沒有錯，卻以鬼神的名義發旨，豈不是要效仿前唐嗎？」

趙佶很迷信，這一點沈傲早就知道，其實這幾乎是皇帝的通病，作爲君王，卻跟平常人一樣避免不了生老病死，這是何等痛苦的事，所以別看趙佶讀的書多，更別看趙佶的藝術造詣多高，一樣還是深信這些玩意。

沈傲只是笑了笑，並不搭腔。這種事不是他所能過問的，問了也是白問，與其如此，還是做好自己的本分吧，像屈原那樣今日憂這個，明日愁這個，活得有什麼滋味。

程輝繼續道：「至於第二，則是據說遼使已經抵京，沈兄上次殿試時的對策，我回去之後思前想後，也覺得這是最好的辦法。現在遼人入京，陛下有意與遼人重新締結盟約，不過那個遼使倒是古怪得很，說是希望我大宋派出沈兄去和他們的國主談。」

「叫我去？遼人也太看得起沈某了吧。」沈傲啞然失笑，心裏想，遼人莫不是以爲我是親遼派吧？不對，自己勒索遼使的事早已天下皆知，他們不可能愚蠢到認爲自己是親遼派，算是一個知遼派還差不多。

不過，遼人也不一定喜歡與親遼派來談，畢竟親遼派大多都是滿眼是錢的主，今日遼人給了他們的賄賂，他們拍著胸脯保證一番，明日若是金人許給了他們更多好處，說不定第二日他們就翻臉了，反倒是自己這個識大局、得大體，知道這是對宋遼都有益處的事外之人，反而更有談攏的機會。

沈傲道：「不知程兄從哪裡聽來的消息？」

程輝道：「沈兄莫忘了，錢塘縣連著碼頭，又有市舶司駐紮，京城至杭州往來的三教九流，哪一個不要途經錢塘？所以錢塘縣衙的消息總是更靈通一些。」

沈傲哂然一笑：「還是錢塘好，仁和這邊雖也熱鬧，卻還是差了錢塘一籌。」

二人喝了些酒，程輝的書生脾氣便上來了，向沈傲問道：「沈兄，若朝廷派你爲欽差出使遼境，沈兄當如何？」

沈傲想了想，道：「到了地頭，肯定全身乏力，所以我決心先睡睡覺，睡個十天半個月再說。」

程輝愕然，睡覺？笑道：「只怕無禮太甚了吧。」

沈傲道：「既是出使，還講個什麼禮，禮不下庶人聽說過嗎？契丹人在我眼裏就是庶人，沒這麼多高貴，他們急著要談判，重修盟約，什麼時候他們忍不住，自然會來尋我，我且等他們三顧茅廬，再和他們慢慢談，如此一來，他們的氣勢也就弱了，再談，也就沒了底氣，這叫下馬威，不如此，不足以壯聲勢。」

程輝不由地笑了，點了點頭道：「這般的事我可做不來，看來這宋遼締約，非沈兄不足以成事，哈哈……」

他大笑幾聲，心情總算開朗起來。

沈傲心裏卻想：「出使遼國，皇帝只怕不肯，一來自己還是縣尉，於理不合，另一方面，既是睦鄰友好，自己的性子皇帝是知道的，派自己去，皇帝怕添亂呢，叫自己去噁心人差不多，叫自己去和人相敬如賓，還真難爲了哥哥。」

想著，心裏不由地偷樂，卻又隱隱期盼，自己能參與到這歷史的大勢中去，去改變歷史，這不是每個人都有這樣的機緣啊！

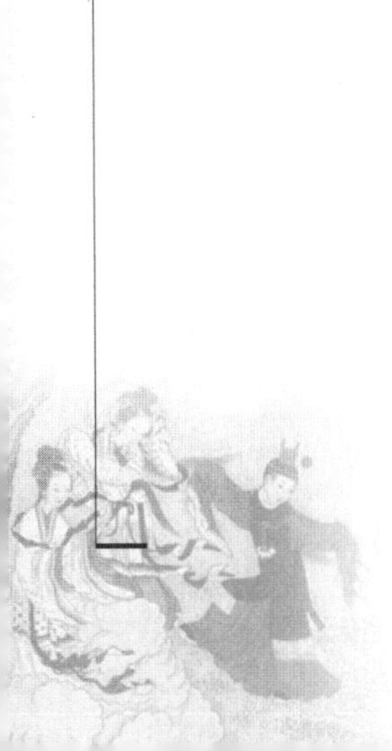

第一三二章
一山不容二虎

沈傲想了想：

「自古一山不容二虎，若是晝青去告狀，

安撫司和提刑司插手，大人自然要提攜下官一二。」

安撫司和轉運司的勾心鬥角，沈傲早就聽說過，

現在這江炳突然跑來獻殷勤，多半是這個原因。

二人喝過了酒，沈傲親自將程輝送到門口，程輝有些醉了，又叫人駕著馬車送他回去。回到後園，後園裏又是吵翻了天，狄桑兒和趙紫蘅彷彿是一對天生的冤家，讓人煩得很，春兒在旁勸著也無濟於事，倒是那晉王趙宗，屁顛屁顛地跑去勸架，說是勸架，其實是會同趙紫蘅欺負人家狄桑兒一個。

沈傲很生氣，忍不住地朝她們大吼：「吵，吵，吵，吵個什麼，誰再吵，今天晚上不給飯吃！」

他的脾氣是人人都知道的，莫說是狄桑兒，便是趙紫蘅都有點兒畏懼他，趙宗笑嘻嘻地道：「沈傲啊，其實這一次呢是……」

「是個屁！」沈傲一點面子也不給他：「我不管是誰對誰錯，在這裏就是我做主，都閉嘴，各回自己的房裏去！」

趙宗瞪眼睛：「我……我是……」

沈傲冷哼一聲：「你是王爺是吧?嚇，王爺?這大宋有出京的王爺嗎?有嗎，有嗎?沒有，所以你不是王爺，你是趙宗，現在是我的客人，是我花了錢將你從酒樓裏贖出來，給你安排吃住!你擺個什麼架子，你看看你這副模樣，像是做人爹的樣子嗎？」

這一連串的話，讓趙宗無言以對，氣勢一下子微弱起來：「好，好，我說不過你。」轉而對趙紫蘅道：「紫蘅，隨你爹回屋去。」

狄桑兒叉著腰，見這一對父女灰溜溜地走了，心裏略有些得意，原本看在對方身分高貴的份上，狄桑兒是不願惹事的，可是她的火氣上來，卻是一隻活脫脫的母老虎，什麼也顧不得了。

「你叉腰做什麼?做給誰看?回屋去!」沈傲怒瞪了她一眼。

狄桑兒愣了一下，隨即連忙垂下雙手，乖乖地咂舌噢了一聲，也灰溜溜地跑了。

這一夜，沈傲輾轉難眠，春兒睡在一旁，輕輕摟住他的脖子，低聲道：「夫君，你怎麼了?心事重重的?」

沈傲將手按在她的豐臀上輕輕摩擦，笑呵呵地道：「沒事，你早些睡吧。」

春兒見他這樣說，立即閉上眼睛，假意睡覺，只是沈傲睡不著，她豈能睡得下。

沈傲笑道：「不要裝睡了，哪裡能說睡就睡的，睫毛還在一顫一顫的呢。」

春兒立時睜開眼來，甜甜一笑：「夫君睡不著，我也睡不下。」

沈傲摟著她，低聲附在她耳上道：「莫非春兒又想要了?」

春兒惱怒著鑽入沈傲懷裏：「什麼叫又?你說話可要憑著良心。」

沈傲哈哈一笑，翻身上去，朝著她又咬又啃，輕紗帳下，春意綿綿。

趙紫蘅就住在沈傲隔壁，沒辦法，這裏地方不小，可是客房就只有這麼幾個，此外還有不少下人的地方，自然不能拿來招待，所以只能這般將就一下。

趙宗是不到子時睡不下的，見女兒這邊燈影朦朧，便陪著女兒捉棋聊天，一對父女正說得熱鬧，討論著明日對付狄桑兒的陰謀詭計，卻聽到隔壁傳來若有若無的呻吟和搖床聲。

「咦……爹爹，你聽到了嗎？」

趙宗的臉色不由地羞紅起來，立即盤膝正坐，道：「我什麼也沒有聽見。」

趙紫蘅擰著鼻子道：「聲音這麼大，你也沒聽見？」

趙宗虎著臉道：「沒有聽見就是沒有聽見，快點下你的棋。」

「可是我明明聽見了啊。」趙紫蘅好委屈，爹爹怎麼能不分黑白呢，明明這麼大的聲音，他卻故意說沒有聽見。

趙宗吁了口氣道：「你不下棋，我就走了。」

趙紫蘅只好乖乖地又去捉棋，那響動聲音越來越大，趙紫蘅如小貓一般豎起耳朵：「呀，我聽到春兒在說夢話了。」

趙宗板著臉道：「什麼春兒，我聽到有老鼠在叫。」

趙紫蘅擰著眉，低聲道：「明明是春兒的，我認得她的聲音。」

過了一會兒，那聲音越發大了，趙宗下不了棋了，心裏想，這個沈傲，到底有完沒完。

趙紫蘅道：「爹爹，要不，我們去那邊問問，看看是不是出了什麼事好嗎？」

趙宗氣沖沖地道：「什麼事都沒有出，你不要管，你方才不是說想讓我看你作畫嗎？好，我來看你畫畫。」

趙紫蘅道：「可是這麼吵，我心靜不下來。」

這一番爭論，又過了好一會，那邊才終於消停下來，一切又歸入了寂靜，趙宗鬆了口氣，掐指算了算，居然足足過了半個時辰，心裏汗顏。

第二日清早，趙紫蘅興沖沖地跑去問春兒：「春……周夫人，昨夜怎麼了？我怎麼聽到夫人的房裏有很大的動靜。」她打算尋到證據，好向自己的父親去證明，結果春兒臉色大窘，支支唔唔地道：「我和夫君在捉老鼠呢。」

啊呀……原來真有老鼠，看來真是我聽錯了，趙紫蘅輕輕擰了擰自己的耳朵，懊惱極了。

沈傲從房裏出來，整了整衣冠，問：「什麼捉老鼠？咦，對了，今日要去拜訪轉運使大人，紫蘅，快去叫你爹去，你們不是要去投奔江大人嗎？隨我去。」

趙紫蘅噢了一聲，有點兒不太情願。

沈傲先去請示了縣令，轉運使大人有請，于弼臣沒有留難沈傲的道理，捋鬚道：

「今日衙堂裏也沒有什麼大事，若是真出了事，本官來替你看著，你只管去見江大人吧。」

沈傲稱了謝，叫了人備了車，押著那一對惹是生非的父女先上車，才跳上車轅進入車廂，三個人大眼瞪小眼，沈傲笑道：「將就一下，我這尊小廟容不下你們兩尊大佛，等將你們送到了江大人那裏，就不必受這些苦了。」

馬夫駕了車，一路便往位於錢塘縣的轉運司去。

杭州城裏衙門可不比西京、蘇州的要少，什麼轉運司、市舶司、安撫司、造作局、提刑司都聚攏在這裏，從二品大員到九品小官，一個都沒有落下，沿路上都是穿越杭州最繁華的地段，因而馬車走得很慢。

三個人在車廂裏搖搖晃晃，趙宗昨夜睡得晚，有點兒睜不開眼，差點兒就要用頭磕著車壁睡了，突然聽到趙紫蘅道：

「沈大哥，昨夜你們捉了足足半個時辰的老鼠嗎？」

趙宗立即打了個激靈，睡意全無了，猛地朝沈傲打著眼色。

沈傲沒反應過來：「老鼠，哪裡來的老鼠？」

趙紫蘅覺得更加糾結了，趙宗連忙道：「紫蘅啊，就要見你江叔叔了，你高興不高興？」他是故意要岔開話題，好讓自己的寶貝女兒免受毒害。

沈傲看出來了，也點頭道：「是啊，是啊，好累，昨天捉老鼠真是累死了，那老鼠居然明目張膽，爬到了床榻上。」

「床榻上！」趙紫蘅瞪大眼睛，露出恐怖之色：「難怪我聽到春兒在叫呢，那時我還以為她是在說夢話呢！」

沈傲嘆了口氣，偷偷瞄了趙宗一眼，繼續道：「沒辦法，我只好跳下床來，拼命的搖床，要把那老鼠搖下來，搖了半夜，手都酸了。」

趙紫蘅掩嘴笑道：「沈傲真笨，老鼠怎麼搖得下來？若換了是我，我就尋一根棍子將牠趕下來。」

沈傲心裏想：「你才笨，你全家都笨，這麼荒誕的藉口你居然都信，居然還嘲笑我。」

不多時，到了江炳的府邸，叫人通報一聲，裏頭便有個主事出來道：「可是沈縣尉嗎？我家老爺請大人進去。」

沈傲一行人徑直進去，過不多時就轉到正廳，進去一看，江炳還沒有來，沈傲心裏頗有些不悅，人是他請來的，這個時候還擺架子。

下人遞來了茶水，足足等了半個時辰，江炳才打著哈欠過來，他頭頂進賢冠，身穿

著紫衣，腰間繫著玉帶，踩著鹿皮靴子頗有幾分風姿，淡淡然地道：「哦，沈縣尉久等了。」一屁股坐定，正要給沈傲一個下馬威，便聽到有人叫道：

「果兒……」

果兒是江炳的小名，這一聽，立即循目看去，手中剛剛端起的茶盞撲通一下落在了地上：「你……王爺……你怎麼來了杭州？難道是陛下叫你來的？」

趙宗不好意思地搓著手：「是本王自己來的。」

江炳這一聽，面如土色地跟著念道：「自己來的……」

一對堂兄弟相認，沈傲坐到一邊，心裏嘿嘿直笑，擺架子，嘿嘿，江大人，本公子先送你一個燙手山芋，看你還擺什麼架子。

江炳和趙宗唏噓一番，便道：「宗室不能出京，現在趁著還沒有人知道，我要立即將王爺送回京去，若是讓言官捕風捉影，可就糟了。」

趙宗道：「我不回去，剛來怎麼就走，這杭州城很好玩，待我玩幾天，等母后著急了，一定逼著皇兄四處尋我，那個時候，皇兄就不會生我的氣了。」

江炳急得跺腳，道：「王爺，這可是非同小可的事，你若是在杭州出了差錯，我哪裡擔待得起啊。」

沈傲在一旁道：「現在送回去只怕也已經遲了……咳咳……江大人，下官已經連夜上了密疏，將王爺的行蹤據實稟報。」

趙宗和江炳面面相覷，一齊道：「你……你……被你害苦了……」

沈傲卻不去理他們，他們是堂兄弟情深，沒理由讓自己來背黑鍋，不是？

江炳想了想，道：「王爺和郡主旅途勞頓，還是先歇一歇，爲今之計，只能等待陛下的中旨過來。來，快收拾出兩處閣樓來，請兩位貴客歇息。」

待那趙宗和趙紫蘅走了，江炳才看著沈傲，嘆了口氣，道：「你就是沈傲？」

沈傲正色道：「下官就是沈傲。」

江炳苦笑：「熙春橋上我已經見識了你，英雄出少年，今日的事你雖已上了密疏，不過這件事，休要向其他人提起，知道嗎？」

沈傲頷首點頭，道：「下官明白，一定守口如瓶。」

江炳隨即又道：「我聽說仁和縣的縣丞已經赴任了，是不是？」

原來江炳也聽到了風聲，沈傲微微一笑，道：「是的。」

江炳道：「這個畫青，我聽說過他，認了蔡京的孫子做乾爹，此人卑鄙至此，倒也罕見，你也不必怕他，我來替你做主。」

沈傲心裏想，我會怕他？他算是個什麼東西，口裏道：「謝大人。」

江炳笑道：「你知道我爲什麼要說這番話嗎？」

沈傲想了想：「自古一山不容二虎，若是畫青去告狀，安撫司和提刑司插手，大人自然要提攜下官一二。」

安撫司和轉運司的勾心鬥角，沈傲早就聽于弼臣說過，現在這江炳和自己無親無故，突然跑來獻殷勤，多半是這個原因。沈傲的思維本來就縝密，再加上心細如絲，又頗能洞察人心，猜出這個結果，倒也不難。

江炳大笑：「果然是沈傲，好吧，你明白了就好。」

正說著，府裏頭一個主事便拿來了一個拜帖，道：「大人，提刑司的推官求見。」

「來得這麼早！」江炳抖擻精神，不緊不慢地道：「叫他進來。」

沈傲心裏不由地笑了，這個江大人表面上是在幫自己，其實利用的成分居多，這些封疆大吏，哪裡會將一個縣丞和縣尉放在眼裏，但凡是他們上心的事，無非就是要小題大做，尋了個由頭明爭暗鬥而已。

好在沈傲已爲自己安排了退路，倒也不怕什麼，從容不迫地坐著喝茶。

那推官進來，先是朝江炳行了禮，正色道：「大人，下官聽說沈縣尉來了大人府上，因此特意來請沈縣尉到提刑司衙門去一趟。」

江炳笑吟吟地道：「哦，提刑司叫沈傲去做什麼？」

推官道：「有一件公案，需請沈縣尉去問問。」

沈傲長身而起：「我隨你去。」

推官笑了笑，道：「這就好極了。」

江炳打了個哈欠：「不如我也去吧，反正今日清閒得很。」

轉運使要去提刑司，誰也攔不住，這推官非但是奉了金少文的命令過來，更是得了安撫使李玟的授意。

李玟聽了畫青的消息，又聽說畫青要狀告沈傲，頓時來了精神，心裏想，上一次江炳如此誇讚那沈縣尉，這便好極了，今日恰好借著這段公案給江炳看看，這兩浙路是他轉運使做主，還是自己這個安撫使才是正主。

接著，便立即叫人去請沈傲來，要沈傲和畫青當面對質，推官先去了縣衙，得知沈傲去了轉運司，便立即回報，沒有安撫使的吩咐，小小判官，哪裡敢去轉運使要人?!

李玟冷冷地對判官道：「王子犯法尚且還與庶民同罪，更何況是身爲讀書人，竟將同僚陷於死地，如此罪大惡極，莫說他躲進了轉運司，就是進了宮城，也要他來說個清楚。」

有了這個授意，推官頓時明白了，立即趕到轉運司，壯了膽子，前來稟見。

秋風如刀，吹得樹木沙沙作響，長街的盡頭，靠近那波光粼粼的錢塘江，一座方方

正正的建築物聳然而立，本是秋風颯爽，沿途的行人卻不敢在這裏逗留，只是覺得寒氣森森，垂頭快走。

提刑司旁就是監獄，據說時常有犯人傳出哀嚎，因而錢塘人大多對這裏頗爲忌諱，更何況那提刑司的大門前，兩座獠牙畢露的石獅虎視長街，七八個皂吏虎背熊腰，持矛挺刀，警惕地打量著街前的每一個可疑人等。

這就是提刑司，是兩浙路最高刑事機關，掌本路郡縣之庶獄，核實各縣的案件，督治奸盜，申理冤濫，並有每年監察所部官吏，保任廉能，劾奏冒法之權。兩浙路上至官吏，下至草民，只要犯法，提刑司都可過問。

過了數道儀門，便是一座正堂。正堂與大多衙門一樣，門面頗有些斑駁，官不修衙，這一任修了，只會便宜下任，這是自古的規矩，不到萬不得已，沒有人會爲後繼者作嫁衣。

廳堂之內，兩側是一排殿柱，廳內昏暗，日頭透不進來，只有數盞燈火搖曳，才總算照亮些。

昏暗之中，兩個緋色公服的人並排而坐，李玟坐在左邊，將後腦勺墊在後椅上，闔著眼，閉目養神。右側的是金少文，金少文鐵青著臉，臉色變幻不定，也不知在想些什麼。

至於晝青卻是木然垂立，連呼吸都不敢過分，方才兩個大人叫他坐，他寧願站著，這是他的人生哲學，骨頭硬有什麼用，向上爬才是正理，天可憐見，他好不容易考中了進士，年歲已是不小了，比不得程輝、沈傲幾個還能再跌打滾爬，這官兒不可不做，要做官，就要學會做人，所以他先去尋蔡京，自稱門生。

結果蔡京不睬，一個新科進士在太師面前算得了什麼？他心裏發苦，若是不能尋個靠山，等到吏部那邊擬定了章程，自己多半是要入朝，到了頭，最多也只是個清貴的學士，於是又將目光瞄向蔡行，努力巴結著，竟是把蔡行認了乾爹。

若是從前，蔡行哪裡會理他，不過掂量了晝青這個進士及第的身分，又想起沈傲也是今科進士及第，便有了主意，硬生生地認下了這個兒子。

有了這層關係，蔡行便開始爲晝青奔走了一番，總算又讓晝青見了蔡京一面，這一次，晝青更是小心翼翼，一力奉承，又是磕頭，又是諂媚，總算是讓蔡京提攜了他一把。

來杭州之前，蔡行就已吩咐了他，一定要讓沈傲好看，若有機會，可狠狠一擊，不管出了什麼事，由他蔡行兜著。如今，機會來了！

衙堂裏森然沉寂，三人各懷著心事都沒有說話，金少文突然拿起案邊的茶盞喝了一口，突兀地問：「現在是什麼時辰了？」

「大人，現在是未時二刻！」

金少文慢吞吞地放下茶盞，慢吞吞地道：「人還沒有到嗎？再叫個人去催一催。」闔目養身的李玟突然張眸，道：「不必了，該來的自然會來，他若是不來，金大人先禮後兵，也就不必和他客氣了。」

金少文側目看了李玟一眼，對李玟，他還是言聽計從的，原本在李玟和江炳之間左右搖擺，打著哈哈；只是沈傲的到來，讓金少文再也不能搖擺下去了。

沈傲的底細他早已打探了清楚，是太師的死敵，身爲門生，仰仗著太師得勢的金少文，又豈能放過這一次表功的機會？今日不管是誰，只要沈傲踏入提刑司的門檻，金少文無論如何也不會讓沈傲走著出去。

有了李玟的支持，金少文膽氣更足了幾分，江炳干涉又如何，李大人是兩浙路主官，自己掌管著提刑司，又恰好過問此事，江炳是轉運使，轉運使再大，難道還能干涉提刑司的事務？

下定了決心，許多事就不用再費周折，想再多也無用，有這精力，拿來對付沈傲就是。

金少文方才那句話，恰好表明了他的態度，這位安撫使沉寂了太久，心裏頭不自在啊，今日借著這個沈傲，是來立威的。

金少文抿嘴笑了笑，道：「大人說得不錯，先禮後兵，他要是不來，就是畏罪，或許那些刺客，就是沈縣尉請來的也不一定。」

李玟哂然一笑，默不作聲。

又等了半個時辰，才有人姍姍來遲稟告道：「轉運使會同沈縣尉已經到了。」

李玟長身而起，道：「江大人也來了？好，好極了。」

他捋鬚一笑，如沐春風地向門廳處疾步走去，金少文、晝青二人連忙跟在後頭。

剛剛出了門廳，便看到兩個人影徐步過來，李玟笑呵呵地過去，爽朗地道：「江大人遠來，有失遠迎，哈哈……」接著又看著金少文，笑道：「金大人，你看江大人親自到提刑司來，你這提刑司蓬蓽生輝啊。」

金少文呵呵笑道：「正是，正是，來，給江大人上茶。」

他決口不提給沈縣尉上茶，態度已經十分明瞭。

江炳呵呵笑道：「原來諸位大人都在。」

雖然明知會有一場腥風血雨，沈傲還是呵呵笑著朝李玟和金少文躬身道：

「下官見過兩位大人，咦，原來晝縣丞也在？今日倒是巧了。」

晝青冷哼一聲，似笑非笑地看了沈傲一眼，別過頭去。既然已經撕破了臉，還客氣什麼！

金少文先不理會沈傲，對江炳道：「江大人，外頭風大得很，請入內就坐。」

一行人你謙我讓，紛紛進了正廳，金少文畢竟是提刑司的主人，這一次當仁不讓地坐在了上首，那李玟嘴裏客氣，手腳卻是不慢，一屁股坐在了左側。官以左爲尊，所以歷來的官職中，左丞相都是正職，而右丞相是副職，他這屁股一挨了座，態度已經明瞭了。

江炳不以爲意，笑呵呵地在右座坐下。

沈傲和畫青站在堂下，畢竟沈傲是官員，因此不能審判，只能訊問，這個訊問的門道就多了，金少文給畫青使了個眼色，自己先不開口，讓畫青來做先鋒。

畫青朝金少文微微頷首點頭，已是會意，怒視地瞪了沈傲一眼：

「沈縣尉，我要問你，那兩個刺客是如何登上船的?據我所知，當時的花石船順水而下，速度極快，沿途並未停靠，刺客不可能半途登船，那麼唯一的可能，就是他們從汴京碼頭登船的是不是?」

沈傲笑了笑：「這倒是奇了，刺客如何登船，你來問我做什麼?」

畫青冷笑一笑，攥著拳頭道：

「哼，當時花石船本就是送你來杭州的，什麼人允許上船，也都是由你安排，所以我早就懷疑，刺客本就是你安排指使，沈縣尉啊沈縣尉，你我一同中試，你做了縣尉，我是縣丞，你心中妒忌我，所以才故意雇人行凶對不對？」

他這一句，誅心之極，從前還是質問沈傲害了他，現在卻一改話風，直接栽贓了。若只是沈傲爲了保命而害了自己，最多也不過是個行爲不檢、妄讀聖賢書的小罪，可是雇凶殺人，殺的還是朝廷命官，意義就完全不同了，這是要將沈傲置之死地。

沈傲眸光一閃，倒是沒想到畫青竟是玩起這種把戲，隨即哈哈笑著拍手道：「畫縣丞的故事編得很好，什麼時候畫縣丞不做官了，大可以到邃雅山房去做個編輯，這年度最佳寫手非畫縣丞莫屬了。」

金少文冷笑一聲，道：「放肆！沈縣尉，畫青問你什麼，你就答什麼，不許胡言亂語。」

沈傲不屑地瞥了金少文一眼：「大人這是什麼話，他明明是血口噴人，難道還要我肅容以對嗎？是不是我說大人的小妾偷了人，大人也只能回答是與不是？我嫉妒他？」沈傲哈哈大笑：「就憑他也配？汴京城中只知道沈相公，誰又知道一個畫縣丞？天下都知道一個沈學士，畫縣丞不過是蔡家的一條狗罷了，這種笑話，畫縣丞和金大人還是不要拿來開玩笑的好。」

「你……你……好大的膽子！」金少文眼眸閃過一絲凶色：「你竟敢侮辱本大人？知道侮辱上官是什麼罪狀嗎？」

一旁的一個記錄的押司小心翼翼地道：「回稟大人，侮辱上官爲不敬罪，可彈劾。」

金少文冷笑著道：「將這一條加上，到時候再和他一道算賬。」

沈傲笑嘻嘻地道：「且慢！金大人，下官哪裡侮辱你了？」

金少文想說出來，卻又覺得不好出口，倒是一旁冷眼旁觀的李玟慢吞吞地道：「沈縣尉方才說金大人的小妾偷了人，這件事若是沒有憑據，侮辱上官這一條倒還說得通。」

沈傲微笑著道：「李大人說得對，金大人說得也對，下官只是說金大人的小妾或許偷了人，就算現在沒有，以後有也不一定，莫須有嘛，難道這也算是汙衊？」

金少文拍案而起，瞪視沈傲：「好一個油嘴滑舌的傢伙，你再胡說八道，我當場扒了你的官服，看你還敢不敢嘴硬！」

沈傲正色道：「下官再不敢說了，不過下官有一個疑問，既然下官以莫須有妄自猜測了大人的小妾，大人便說下官是侮辱上官。那麼我斗膽要問，方才畫青以莫須有的罪名，說下官雇凶殺人，這算不算是侮辱讀書人，侮辱朝廷命官？大人，我現在要狀告畫青！」

第一三三章 眼中釘

金少文帶著信拂袖而去，心中惡狠狠地想：

「原來這畫青才是太師的眼中釘，若是不看這信，我還當他是太師的心腹呢！今日將他除了，既可給太師一個交代，楊公公那邊也能有迴旋的餘地了。」

沈傲微微抬起下巴，完全沒有被人質問的落魄，朗聲道：

「我要狀告畫青，下官是天子門生，陛下欽點廷試一甲狀元，是堂堂正正的讀書人、朝廷命官！現在畫青一無實據，全憑猜測臆想，汙衊下官雇傭刺客刺殺他，這是不是莫須有？又是不是侮辱朝廷命官？方才大人說侮辱朝廷命官是什麼罪名，能否再複述一遍？」

李玟、金少文頓時默然，畫青臉色一變，張口想要說什麼，卻一時說不出來。

江炳欣賞地深望沈傲一眼，笑吟吟地道：「侮辱朝廷命官，也是不敬之罪，可彈劾任陛下裁處。」

沈傲道：「既然如此，那麼就請金大人立即上疏彈劾，爲下官洗清冤屈。」

金少文收起了剛才的怒目，不置可否地笑了笑，笑容浮出一絲苦色，想了想道：「這件事延後再說。」

沈傲冷笑：「延後再說？大人，下官受了不白之冤，豈是說延後就延後？莫非大人與畫青有勾結嗎？好，原來是這樣，下官明白了，大人這是在包庇畫青了！」

他臉上的冷意逐漸褪去了一些，微笑道：

「不過不打緊，我臨行時，陛下曾授予我密疏之權，既然大人不爲下官做主，那麼下官只好親自上疏，一告畫青侮辱天子門生，二告金大人包庇畫青，下官倒是很想看看，陛下到底會相信誰！」

秘密上疏之權？金少文此刻才知道，這個沈傲是一根刺，並沒有想像中的好對付，他若是真上了密疏，自己要上疏自辯，陛下會相信誰？他實在沒有幾分把握，封疆大吏多的是，在地方上，他位高權重，可是在陛下眼裏，只怕連一個小太監都比他的記憶更深，這個沈傲既有秘密上疏的權力，那麼至少證明陛下給予了他充分的信任，到時一份密疏呈上去，結果如何，絕是不容樂觀！

他横下了心，只要抓住了沈傲確鑿的證據，或許還有扳回一籌的機會，冷哼一聲：「沈縣尉，你這是做什麼？本官現在問你的是，那兩個刺客到底從哪裡來的，爲何會捉了畫縣丞去，畫縣丞已經據實稟告了，那兩個賊人捉了他，二人說話時，已經洩露出你便是主謀，畫縣丞，本官說得對不對？」

畫青一聽，連忙道：「對，下官親耳聽到，那兩個刺客說什麼沈公子要我們殺了他之類的話，請大人爲下官做主。」

反正那刺客早已遠走高飛，嘴長在畫青身上，到了這個地步，畫青還怕捏造是非嗎？

金少文拍案道：「沈縣尉，你如何解釋？」

沈傲笑了笑：「大人要下官解釋什麼？該解釋的都已解釋了，真是奇怪，難道大人寧願信兩個刺客，也不信一個讀書人、一個朝廷命官嗎？用子虛烏有的罪狀來定我的罪，大人未免也太苛刻了一些，若是我現在說，昨日我撞見了大人小妾的姘頭，他言之鑿鑿地告訴下官他與大人的小妾私會，莫非大人也會深信不疑？」

金少文氣得七竅生煙，這個傢伙，三句兩句離不開自己的小妾，左一口偷人，右一口姘頭，當著眾多人的面，自己如何下得來台？

金少文冷笑著道：「那麼你是不認了？」

沈傲微微一笑：「不認！」

金少文看了李玟一眼，李玟卻無動於衷，現在局勢還不明朗，李玟自然不會蠢到出頭去爲金少文做開路先鋒。

畫青大叫：「沈縣尉，到了這個時候，你不認也得認，看看這裏是什麼地方，提刑司既然傳喚了你，你想走就走得脫嗎？」

畫青活了一大把年紀，心裏已經明白，這一次是把沈傲得罪死了，既然不是你死就是我活，這屎盆子一定要倒扣在沈傲的頭上，否則等待沈傲緩了氣，到時又是一個心腹大患。

「咦，畫縣丞叫我認什麼？噢，對了，我好像也聽人說過，畫縣丞在汴京時行爲很不檢點，竟是當街調戲老嫗，其手段殘忍至極，更是卑劣無比，或許那兩個刺客不知是哪裡的好漢，要行俠仗義，才劫持了你，你害怕事情暴露，所以故意將這盆髒水潑在我的身上，對不對？哎呀呀，晝大人，你是讀書人，這等有辱斯文的事，你也做得出？」

那江炳本要端起茶盞來喝茶，咕隆咕隆地喝到一半，聽到沈傲的話，一口的茶水哧地一聲全部噴了出來，隨即忍不住地大笑一聲。

晝青怒瞪著沈傲道：「你胡說八道！」

沈傲道：「這也是我聽說來的，莫非就許晝大人聽人說，就不許我聽人說嗎？晝大人要告我，就立即叫那刺客來，刺客來了，再來逼我認罪不遲。好了，諸位大人，若是沒有其他的事，沈某人告辭，噢，對了，金大人，你的奏疏得立即去寫，看我的密疏上得快，還是你的奏疏先入宮去。這場官司既然要打，下官也不是軟弱可欺的，我們打到底！」

沈傲不屑地掃了金少文一眼，哈哈一笑，舉步要走。

「且慢！」這時候，一旁冷眼旁觀的李玟慢吞吞地道：「沈縣尉，你好大的架子，當著三司的面，竟還敢威脅上官，橫行無忌，你借的是誰的勢，竟是連規矩都不懂了？」

李玟說話之間，故意朝江炳看了一眼，江炳泰然自若地只是淡笑著。

沈傲轉過身去，朗聲道：「下官的架子不大，哪裡及得上金大人和晝縣丞血口噴人厲害。難道金大人和畫縣丞要汙衊下官，下官非要認了罪，才是爲官的本分？」

李玟冷哼一聲，道：「不管如何，你現在已有了嫌疑，是待罪之身，所以嘛，還是先在這裏將事情交代清楚了再走不遲。」

沈傲的性子就是受不得別人玩硬的，大風大浪見識慣了，性子激起來，天皇老子也不怕，冷笑一聲，道：「若是下官一定要走呢？」

見李玟開了口，金少文眼珠子一轉，李玟說得沒有錯，不管怎麼說，沈傲的嫌疑洗不脫，至少可以將他留住，慢慢再想其他辦法讓他認罪，大喝一聲，道：

「來人！」

堂外幾個皂吏立即執著水火棍衝進來：「在。」

金少文微微一笑，道：「請沈縣尉到後廂小住幾日，不要慢待了他。」

江炳笑了笑，終於開口：「金大人的手段，江某算是見識了，只不過，這個沈傲卻不能留在這裏。」

金少文道：「這是爲何？」

江炳道：「因爲杭州造作局有話要問他。」

李玟不陰不陽地道：「要問，就到這裏問好了，人是不能離開半步的。」

江炳長身而起，笑道：「造作局要帶人走，誰敢攔著？莫非李大人是要阻攔欽差的公務？」

所謂欽差，其實就是造作局奉旨搜集奇珍異寶的名目，造作局的份量並不重，可是在皇帝的心目中卻是最爲重要，誰要是敢阻撓造作局辦公，這個罪名可是不小。

李玟微微一笑，道：「我已說過，誰也不能將人帶走，江大人若是要帶人，那麼就拿出旨意來。」

「你……」江炳冷冷地看著李玟，二人相互對視，再沒有方才那假惺惺的做作。

金少文見機道：「對，江大人要帶人走，只要帶來了旨意，我們自然沒有不放的道理，可是要拿造作局來以勢壓人，江大人，須知造作局雖是至關緊要，可是爲了洗清沈縣尉身上的冤屈，還需好好盤問一二。」

江炳沒有想到，金少文突然之間堅定地站在了李玟一邊，眼眸一閃，冷哼一聲，道：「我非要將他帶走。」挽起沈傲的手，拉著他往廳外去，幾個皂吏不敢輕舉妄動，紛紛去看金少文的眼色。

金少文朗聲道：「沒聽見我的話嗎？沈傲必須留在這裏！」

「是。」幾個皂吏這才紛紛湧過去，堵住江炳和沈傲的出路。

開弓沒有回頭箭，到了這個份上，所有人都已經不能回頭了，不管是江炳、李玟，沈傲只是一個衝突的導火線，今日沒有沈傲，還會有劉傲、趙傲，早晚都有翻臉的一日，一山不容二虎，涉及到了安撫司和轉運司之爭，豈能輕易罷手？
「李玟，你好大的膽子，知道我是誰嗎？」江炳大喝一聲。
李玟笑道：「欽慈太后的親侄，誰人不知？不過江大人莫忘了，王子犯法尚且與庶民同罪，你不過是個外戚，卻敢隨意踐踏提刑衙門，卻又是要做什麼？太祖皇帝曾有明令，外戚橫行不法者，流配三千里！」
金少文也在旁道：「提刑司是什麼地方，江大人不會不知道吧，本官有保任廉能、劾奏冒法之權，你身為轉運使，自該去管你的漕運，好好地為陛下效忠，卻要干涉提刑司辦公，不知這是什麼道理？」
江炳臉色變了變，心中想，原來他們早已有備而來，到時若是他們反咬一口，又去鼓動言官彈劾，只怕陛下不一定會偏向自己一邊，須知大宋朝的言官對外戚最是忌諱，一有風吹草動，往往會誇大事實，群起而攻之。
「來，將沈傲請到後廂去！」見江炳一時猶豫，金少文心知他有了忌諱，心中大喜，現在不趁著這個機會一鼓作氣將沈傲拿下，更待何時。
「報！大人，宮中來人了，帶了旨意來！」
來了個公公，這個公公是誰？為什麼這個時候到？一連串的疑問讓李玟和金少文面面相覷，金少文咳嗽一聲，道：「開六門，去迎接吧。」

所謂開六門，便是衙門裏來了上官貴客，六扇門悉數打開，以示尊敬。

眾人一道出去，便看到一個人氣喘吁吁地在兩個戴范陽帽的禁軍攙扶下徐徐過來，這人好不容易地喘了幾口氣，直起腰來咳嗽一聲，道：

「沈傲，沈傲在哪裡？」

沈傲排眾而出，不由地笑了起來，道：「岳父，我在這裏。」

楊戩滿是倦容地道：「你來得正好，陛下有密旨給你，怎麼？你來這提刑司做什麼？方才咱家到了縣衙，縣衙裏頭的人說你去了轉運司，誰知到了轉運司，又說你來了提刑司，真教咱家好找。」

他們二人如嘮叨家常一般地說話，讓李玟、金少文臉色驟變，其實沈傲是楊戩的女婿這件事，天下人都知道，可是李玟、金少文以爲這只是二人勾結的手段，今日幹掉一個沈傲，明日楊公公再尋個乾女兒嫁出去還不是一樣？只要蔡太師還在汴京，到時候隨太師去負荊請罪，楊公公也無話可說。

這二人心中七上八下，那一邊的沈傲向楊戩問道：「岳父大人怎麼來了？」

楊戩嘆了口氣，道：「還能怎麼來，你的那道密疏陛下看了，連夜喚我出宮，讓我來接他們回京，現在宮裏已鬧翻了天，欽慈太后眼下要絕食，說是不見到王爺，這飯就不吃了。」

沈傲頓時明白，原來是這樣，難怪自己的奏疏只呈上去幾天功夫不到，楊戩就立即來了，再看他一臉風塵僕僕的樣子，眼袋漆黑，顯然已是行了一天一夜的路，動用八百里加急，用了最快的方式從汴京趕到了杭州。

楊戩道：「陛下有旨，叫你也隨我入京，眼下汴京城裏亂哄哄的，太后在那邊鬧，陛下也沒心思署理政務，各國使臣在朝中紛爭不斷，據說還有言官聽到了風聲，說是要嚴懲晉王，彈劾的奏疏已如雪片般飛入了宮裏，這些亂七八糟的事湊在了一起，陛下已是焦頭爛額，這縣尉你不做也罷，陛下另有差事吩咐你。」

沈傲還指望著增加點基層經驗混個資歷呢，頓時失聲道：「另有差事？仁和縣縣尉的干係重大，我拍屁股走了，那些積壓的公案怎麼辦？」心裏卻想，積壓個屁公案，全是雞毛蒜皮狗屁倒灶的事，幾個潑皮打架鬥毆就已是聳人聽聞了。

楊戩道：「朝廷自會另行委派，好吧，快帶我去見王爺。」

沈傲正色道：「岳父，我不能走。」

「哦？」楊戩有些不耐煩了，他又睏又餓，不願在這裏逗留：「這是爲什麼？」

沈傲道：「我身上纏了件官司，畫青畫縣丞誣告我請了刺客刺殺他。」

「請刺客刺殺他做什麼？」楊戩一時沒有反應過來。

沈傲道：「他說因爲我嫉妒他。」

楊戩又好氣又好笑：「他算什麼狗東西，人呢，人在哪裡？」

晝青嚇得不敢出來，縮在金少文身後。

金少文道：「公公，沈傲說得沒有錯，在這件事沒有署理清楚之前，沈傲不能離開提刑司！」

楊戩冷笑一聲，頓時明白了，看著金少文問道：「你叫什麼名字？」

金少文道：「下官兩浙路提刑使金少文。」

「金少文，咱家記住你了，你等旨意吧。」楊戩嘿嘿一笑，道：「對了，咱家差點忘了，你是蔡京的門生是不是？好，好極了，回到汴京，我再尋蔡京算賬。」

他顯得囂張至極，自拿下了梁師成，楊戩已是內廷第一紅人，內相、隱相集於一身，莫說是一個提刑使，就是蔡京，也一樣不給他面子。

「沈傲，走吧，他們不敢攔你的，你手裏有陛下的密旨，誰若是敢阻攔一步，格殺勿論！」

沈傲也不客氣，昂首闊步地隨著楊戩，又拉了江炳慢吞吞地步出提刑司。

那幾個皂吏聽到楊戩那一句格殺勿論，再注意到那殺氣騰騰的禁軍，哪裡敢去阻攔，只感覺到脖子後頭冒出絲絲涼氣，連大氣都不敢出。

「可惜……」李玟呆呆地出了會兒神，暗暗搖頭，眼看就要成功，誰知竟半路殺出了個楊公公，不由黯然一嘆，對金少文道：「金大人好自為之吧。」說罷，也告辭走了。

金少文腦中還想著楊戩那一句「咱家記住你了」，心裏不由地暗暗後悔不及，得罪了楊戩，太師肯保自己嗎？就算太師肯，又能否保得住？

金少文的心裏轉了許多個念頭，越想越是不安，眼睛一瞥，看到唯一仍留下來的畫青，不由勃然大怒，就是他，就是這個成事不足敗事有餘的傢伙，若不是因為他，又何至於鬧到這個地步？

金少文冷哼一聲，陰陽怪氣地對畫青道：「畫大人，本官若是被人惦記了，你也別想落個什麼好。」

畫青嚇得面如土色，連忙道：「大人恕罪，恕罪，都是下官的錯，下官該死。」

人家提刑使要對付他一個小小的縣丞，還不是跟玩一樣？更何況，金少文手裏還有舉劾之權，隨便給自己一個小鞋，這縣丞還做得下去嗎？靈機一動，連忙從懷中搜出一封信來，道：

「下官差點忘了，這是太師給大人的信函。」

畫青心裏安定了一些，想：「他看了太師的信，便是看在了蔡行的面上，也不會和我過不去。」

金少文連忙接過書函，書函的封泥完好，也沒有撕拆的痕跡，他揭下封泥，抽出信來，信中所用的也是蔡京的筆跡無疑，他慢吞吞地回到堂中坐下，認真細看了片刻，突然面無表情地抬起頭來，朝晝青勾勾手：「晝縣丞你過來。」

晝青鬆了口氣，看了這封信，金大人就明白自己和他是一夥的了，雖然這一次自己辦事不力，只要自己好好悔過，攀上金少文這棵大樹，早晚會平步青雲。

他笑呵呵地走過去，道：「金大人，下官實在該……」

啪……金少文突然站起，一巴掌狠狠地搧過來，這一巴掌用力極重，晝青一時沒有反應過來，哎喲一聲跌倒在地，臉上霎時地多了五根指印。

「大人……」

金少文將信放下，惡狠狠地剜了他一眼：「來人，將這晝青看押起來，他誣陷同僚，十惡不赦，待我上疏向陛下細數他的罪過，再等聖旨下來，剝了他的官服拿問處置。」

不理會晝青的哀求，金少文帶著信拂袖而去，心中惡狠狠地想：

「原來這晝青才是太師的眼中釘，若是不看這信，我還當他是太師的心腹呢！今日將他除了，既可給太師一個交代，楊公公那邊也能有迴旋的餘地了。」

晝青不知道金少文心中所想，只是哀叫著：

「大人……下官冤枉啊……」

沈傲一行人先去了轉運司，見到晉王和趙紫蘅還活蹦亂跳，楊戩鬆了口氣，囑咐江炳好生照看，隨沈傲去了縣衙住。

他連日趕路，又困又乏，一到縣衙，沈傲就安排了地方先讓楊戩住下；今日遇到這麼多事，刑房他也不想去了，跑到臥房去打開楊戩給他的密旨，這密旨上沒有吐露什麼，只是叫沈傲立即回京待命。

回京？到底發生了什麼事，以至於皇上如此緊迫，就算是出使遼國也不必如此啊，除此之外，還有什麼事呢？

春兒剛好進來，見沈傲臉色顯得有些黯淡，便問發生了什麼事，沈傲略略地跟春兒說了，春兒蹙著眉道：

「才來了半個來月就要回去，這不是故意拿我們開玩笑嗎？況且，現在杭州的生意還沒有展開，雖是已談下幾個鋪子，但還得要裝點、招募人手，現在回去，這生意不是要半途而廢了嗎？」

沈傲看著春兒的愁容，想了想道：

「生意的事，讓其他人在這看著也行，我最擔心的，是朝廷是不是發生了什麼重要的事，方才我問岳父，他也只是說宮裏頭有些亂，可是再亂，這個時候叫我回去做什麼?我在這仁和，自己都焦頭爛額，每天管些雞毛蒜皮的雜事都兼顧不過來，難道皇帝就只是為了叫我回去處理他的家務事嗎?我覺得這事有古怪。」

春兒嘆息了一聲，收起了愁容，便將自己的想法告訴沈傲：

「生意的事不能耽擱了，現在也沒有信得過的人在這兒看著，不如這樣，夫君先回京城去，我在這裏先待些時日再走，這樣可好?夫君也不必想太多，不管是在杭州還是回京城，只要做好自己的本分，又怕什麼?」

沈傲只是笑了笑，轉而道：「狄桑兒那邊採購好水酒了嗎?」

春兒點了一下頭，道：「她正嚷著要回去呢，酒水已經採購好了，已托車行送了回去。」

沈傲道：「那就叫她隨我們一起回去吧，你一個人留在這裏我也不放心，哎，不如這樣，我叫釋小虎也留在這裏陪你，此外，再請于縣令照顧一下，真要出了什麼事，你就叫人去找轉運使江炳，他或許也能幫得上忙。」

春兒掩嘴笑道：「我說要留下，你就真讓我留下了?!」

沈傲道：「春兒有做生意的天賦，這個我心裏清楚，你願意去做自己喜歡的事，我不會攔你的。」

在某些時候，沈傲還是很尊重女性的，特別這人還是自己的妻子！以前的春兒因爲自己的出身很自卑，現在不一樣了，她找到了自己所擅長的事情，並且在這上面找到了自信，沈傲覺得自己要做的就是支持春兒！

夫妻倆說了一會兒話，楊戩便醒來了，他問了時辰，已到了子時，便叫人去看沈傲睡醒了沒有，沈傲披著衣衫過來，直接問道：「岳父打算什麼時候動身？」

楊戩正色道：「一刻也不能耽誤，天亮立即就走，你去和縣令知會一聲吧！」

沈傲只好又去尋了于弼臣，于弼臣已經睡下，睡眼惺忪地請沈傲到客廳就坐，他和沈傲同事的時間不多，對沈傲的印象也說不清是好是壞，沈傲將來意說了，于弼臣頷首點頭道：

「既是有旨意，本官也就不留你了，你明日啓程時知會一聲，本官去相送。」

清早的時候，沈傲還向他告假來著，想不到到了夜裏竟又來告別，消息來得太突然，讓沈傲有些不太適應，拜別了于弼臣，心裏想，是不是要和程輝說一聲，可是夜深人靜，也不好去攪了人家的清夢，便叫人拿了筆墨來，寫了一封書信，讓春兒先收著，明日送到錢塘縣縣衙去。

事情處理得差不多了，沈傲的心裏不由地有些落寂，在杭州走馬觀花了一些時間，屁股都沒有坐熱就得要回京，實在出乎他的預料之外。

京城裏到底發生了什麼事，一定非要自己回去不可？

沈傲想著想著，很是睏倦的打了個呵欠，看了已經睡下的春兒一眼，脫了靴子躺在她的邊上，心裏又想，春兒留在杭州照料生意也是一個歷練，誰說女子就不可以去做一番事業，不過，她也不能在這裏待太久，畢竟他也心疼春兒的，熟悉了業務，乾脆將吳三兒調到杭州來，讓春兒去汴京打點京城的生意。

夜裏的杭州突然起了一陣風，隨即淅淅瀝瀝的雨絲落下來，拍打著窗戶，搖擺著院中的樹木沙沙作響，沈傲一時難眠，又坐起來，悄悄到亭中去，看著那雨水霏霏的天幕，一時呆住了。

下兩浙時走的是水路，用的是造作局的船，這一番回京，沈傲起了個大早，不忍驚醒一邊的春兒，躡手躡腳地下了床，給她留了便條說了些告別的話，悄悄地穿了衣衫便離開。

開了門，一股冷風灌進來，楊戩正指揮著兩個禁軍打點行裝。這個楊公公，是一點沒有將自己當外人，他在宮裏頭本就吆喝慣了的，遠行該帶什麼，不該帶什麼，都弄得清清楚楚。

沈傲笑著出去打了招呼，楊戩正色道：「花綱船已經在等了，事不宜遲，快走吧。」

告別了杭州，江面上水霧騰騰，回程和來時不同，那時無數人稽首相送，今日卻是冷冷清清，沈傲上了船，先在船艙裏睡了個回籠覺，一覺醒來已是正午，用了飯，就和楊戩在甲板上閒談。

「現在京裏到底發生了什麼事，陛下召我回去，又是什麼緣故？」

楊戩遙望江岸，嘆了口氣，道：「還能有什麼事，陛下知道你對眼下的時局看得最透澈，自然是叫你回去斡旋各國使節。」

沈傲心裏想，各國使節？遼人那邊火候已經差不多了，他們巴不得和大宋簽署新的盟約，隨便派一個去都能撈到好處，至於大理、吐蕃，如今都是藩國，自不必趙佶去憂心，金人那邊隔著遼國，暫時也不是什麼心腹大患，還有什麼萬分緊急的事呢？

楊戩看出了沈傲的心思，淡笑道：「是西夏，金人說動不了大宋，便鼓動西夏夾攻契丹人，遼人希望我大宋出兵，另一方面，吐蕃國也是這個想法。」

沈傲明白了，原來由於歷史改變，格局又有了變化，金國的崛起，讓西夏人也蠢蠢欲動，遼夏兩國也算是世仇，西夏人原來見遼人勢大，不得已才向遼國稱臣，如今有了機會，豈會放過？

除此之外，西夏與吐蕃一直紛爭不休，吐蕃害怕西夏人攻取遼國之後坐大，回過頭來收拾他們，因而也寄望於大宋出兵。

這局面還真是夠亂的，沈傲撓了撓頭，笑道：「陛下有什麼打算？」

楊戩也微笑道：「陛下暫時也沒有打算，就是要等你回去再作決定，原本呢，陛下是希望你去歷練一年，到時再放你回朝，可是眼下形勢緊迫，只能從權了。」

沈傲想了想，理不出頭緒，心裏想著：做皇帝就是好，出了事，他繼續在宮裏頭逍遙，一個聖旨就把事情攤派給了別人！這還是沈傲，若是換作了別人，那估計都哈巴狗似的跪在地上謝恩了。

不過聯遼的大方針是沈傲打開的，也只能自己來擺平，遼國、金國、吐蕃、西夏，這四國的利益與大宋牽扯起來，真是教人頭痛。

修身、齊家、治國！修身沈傲是甭想了，他天生是做小人的命，君子是指望不上的；齊家倒還做得有聲有色，這一年來，手裏的財產至少也有五萬貫以上，這還只是臺面上的錢，那些不動產，還有名目繁多的生意，價值就更高了，老婆有了，房子也有了，就是坐吃山空，一輩子也吃穿不愁。

倒是這治國讓沈傲頭痛，他索性晃晃腦袋，不去想了，走一步看一步，反正堅持一個原則，能占別人的便宜一定要狠狠地占，能少吃虧就儘量少吃虧，就比如遼國和吐蕃這一次催促大宋出兵；哼，什麼利益也沒有，這仗憑什麼給你打？

第一三四章
太歲頭上動土

他有一點點飄飄然起來，拙劣的馬屁，於趙佶是不受用的，

要拍馬屁，也需有理有據才行，

趙佶心中微微一喜，心裏想，沈傲說得不錯，

若朕是商紂、隋煬，別人躲避都來不及，誰還敢在太歲頭上動土。

沿途數日輾轉，到了十月初七，天氣已經有些轉冷了，沈傲和楊戩下了船，楊戩顧不得讓沈傲去見夫人，要沈傲與晉王父女先入宮。

到了正德門下，連覲見的章程都免了，直接叫人帶著晉王父女去後庭見太后，楊戩和沈傲則徑直入了大內，楊戩拉來一個小太監，問：

「陛下在哪裡？」

「陛下帶著百官在延福宮聽仙人講道。」

楊戩頷首點了點頭，沈傲聽罷，在一旁道：「神仙？哇，你們等等，我要先回去一趟。」

楊戩道：「回去做什麼？都已經來了，還是隨我去覆旨要緊。」

沈傲道：「我要帶夫人們來看神仙。」

楊戩無語，拉著他道：「不許胡鬧，你都已經成家立業了，怎麼性子一點都沒變？隨咱家走。」

延福宮是唯一一座位於大內之外的宮宇，這是蔡京以豪華宮殿取媚於趙佶，趙佶召內侍童貫、楊戩、賈詳、何訴、藍從熙等五位大太監分別監造。五幢宮殿，你爭奇，我鬥巧，追求侈麗，不計工財。宮內殿閣亭台，連綿不絕，鑿池爲海，引泉爲湖。文禽奇獸等青銅雕塑，千姿百態；嘉葩名木及怪石幽岩，窮奇極勝，比之大內更加堂皇。

步入延福宮，率先出現的是一座石碑，石碑上依稀有趙佶的筆跡，沈傲駐足看了看，原來是一篇延福宮記，心裏暗暗腹誹，這王八蛋皇帝會享受也就罷了，居然還有臉來題字作文章，生怕別人不知道他的宮殿的奢華。

這裏殿宇、樓臺、亭閣眾多，之間又有無數奇石異樹相間，在這鬱鬱蔥蔥的樹蔭之下漫步，倒是有一種難得的輕鬆之感。到了延福殿，楊戩率先進去稟告，隨即又出來喚沈傲進去。

沈傲步入殿裏，發現裏頭有一股刺鼻的香火味，殿裏的空間極大，左右的百官都盤膝坐在蒲團上，那趙佶不知什麼時候換了一身的道袍坐在上首，大殿的中央是一個白髮朱顏的老道，他的吐字很清晰，言談之間雙目四盼，口若懸河，見沈傲進殿也不以爲意，只是輕輕一瞥，繼續道：

「所以唯有正心，才能求得正道……」

沈傲見趙佶聽得有滋有味，便也不說話，目光在殿內逡巡一番，看到周正盤膝肅容與一個官員坐在左側，便悄悄走過去，朝周正一旁的官員笑嘻嘻地低聲道：

「大人，能不能讓一讓，下官……哈哈……有些話要和岳丈說。」

那官員實在無語，只好挪到一邊，沈傲硬生生地插在二人中間，周正朝他看過來，眼眸中閃過一絲驚喜，卻不說話。

沈傲道：「岳父，剛剛接了聖旨，所以我連夜回了京，若兒她們知道消息嗎？」

「咦，岳父，你爲什麼不說話？你說話呀！」

「岳丈，你這是怎麼了？要不要請太醫……哦，對了，請神仙來爲您老人家看看。」

他聲音不大，卻也讓周圍不少人大受影響，紛紛側目過來。

周正奈何不了他，只好道：「若兒還不知道。」

沈傲聞言大喜，道：「好極了，到時候我給她們一個驚喜！」

沈傲這邊引來了更多人的側目，就是趙佶也是不悅地向沈傲看了一眼，用眼神警告了他一番，接著虔誠地對老道道：

「仙人的話，令朕茅塞頓開，只是前幾日宮中頗爲不寧，是不是宮中有什麼汙穢之物？」

老道搖頭，含笑道：「陛下乃是天子，太后也是仙人轉世，就算有汙物又豈能近身？只怕這是劫數。」

趙佶滿是驚詫：「還請仙人指點迷津。」

老道道：「箇中詳情，貧道也不甚清楚，不若這樣，就讓貧道神遊一番，去問問我的師兄如何！」說罷，盤膝入定，整個人猶如僵住一般，雙唇微微顫動，彷彿在與人對話，卻又像是在念咒語。

足足過了一炷香，他才大汗淋漓地張開眼眸，氣喘吁吁地道：「緣由找到了，太后遇了小劫，不過也不打緊，太后自有上天庇佑，過幾日就好了。」

趙佶面露喜色，道：「這就好，這就好……」

沈傲嘻嘻笑道：「原來真是個神仙，仙人，學生有禮了，只是不知仙人師從何人，又是怎麼升的仙？」

老道舉目看去，微微含笑道：「貧道只略通些陰陽，哪裡算是什麼仙人，大人說笑了，敢問大人高姓大名？」

無數雙眼睛側目過來，沈傲泰然自若地道：「仙人既然通陰陽，爲什麼不猜一猜呢？」

老道一愣，隨即笑了笑，道：「莫非是今科狀元沈傲沈公子嗎？」

這一句話道出，殿中議論紛紛，多是露出敬佩之色，趙佶開始還覺得沈傲多事，此時聽那老道一語道出沈傲的姓名，心裏也多了幾分敬佩，對沈傲道：「沈卿家不要胡鬧。」

老道道：「陛下，沈學士乃是文曲星下凡，貧道觀他的面相，隱有紫氣盤繞，將來必是出將入相的大才。」

沈傲心裏直樂，原來自己成文曲星了，這個什麼仙人倒是會說話，不過裝神弄鬼，還把皇帝當成白癡，這就有點不可原諒了，仙人啊仙人，你若是把皇帝忽悠了，自己往後忽悠誰去，這不是砸人飯碗嗎？

沈傲笑嘻嘻地道：「仙人謬讚了，不過學生有個疑問，既然我是文曲星，可是文曲星的爹娘是誰呢？」

老道畢竟是個老江湖，正色道：「沈學士的爹娘，自然是生你養你的父母了。」

沈傲認真道：「那麼請問仙人，那學生的父母也是神仙嗎？」

他這種打破砂鍋問到底的糾纏，倒是沒有讓老道厭煩，依然從容地道：「也算是吧。」

沈傲道：「這就更奇怪了，既是神仙，爲何我父母早殤，而不能長命百歲呢？」

老道含笑道：「沈學士這是在盤問貧道嗎？」

沈傲也笑著道：「豈敢，豈敢，學生佩服還來不及呢，不過我自幼是個孤兒，方才見識到仙人的能耐，便想起了自己的雙親，想托仙人去問問，現在他們在哪裡？」

老道高深莫測地頷首點頭：「你有這份孝心，貧道又豈會推拒。」說罷，便又入定，神遊了片刻，擦了擦額頭上的汗，道：「你的父親乃是河伯轉世，掌汴水，因汴河氾濫，因而及早仙去，你也不必感懷，你父母在天有靈，自會護著你的。」

沈傲一副又驚又喜的模樣道：「是嗎？原來我的父親真是神仙，這就太好了，我想見我的父親一面，可以嗎？」

老道搖搖頭，正色道：「神人殊途，豈可輕易相見？」

沈傲問：「那爲何仙人可以和他相見？」

老道道：「貧道也不過神遊時能與他相見罷了。」

沈傲嘆了口氣：「原來是這樣啊，據說皇宮裏的護城河與汴河相通，我能不能在那兒設下香案，供奉我的父親？」

趙佶笑道：「想不到沈傲今日與仙人如此投緣，朕便成全你，來，去爲沈傲準備香案、祭祀之物。」

過不了多久，眾人熙熙攘攘地到了護城河，延福宮本就是大內之外開闢出來的新宮寢，所以延福宮與大內之間，恰好隔了這條護城河，不需出宮，即可在這祭拜。

沈傲裝模作樣地上了香，口裏念念有詞，一旁的老道也不知念了什麼咒文，沈傲插了香，突然道：「仙人，學生有一樣東西，想寄給我的父親，不知可不可以？」

老道道：「自然可以。」

沈傲便脫下手裏的戒指，道：「那麼就請仙人將這枚戒指送給我的父親吧。學生還有個不情之請，我希望仙人將戒指親手交給我的父親，告訴他，不必記掛他的孩兒，還

有，要告訴他，我已經娶了妻子，做了官，老丈人送了學生一個頂大的宅子，就這些了，勞煩仙人跑一趟，真的不好意思！」

仙人愕然了一下，隨即淡笑道：「好吧，待貧道入定……」

沈傲忙道：「仙人還是親自走一趟吧，最好面見他，順道將他現在的處境告訴學生，他現在住的房子如何啊，有沒有給我找後母啊什麼的……」

仙人遲疑地道：「只怕不妥，人神殊途……」

他看了看周遭人的臉色，發現許多人皆是露出疑色，都想看看仙人如何去尋河伯，趙佶更是興致勃勃，滿眼的期待之色。

沈傲打斷道：「仙人莫忘了，你也是神仙啊，神仙見神仙又有什麼打緊？仙人快去吧，不要遲了，要不要我親自來送你一程？」

「送？如何個送法？」仙人疑惑不解地看著沈傲。

沈傲嘻嘻一笑，走到仙人身邊，將他往護城河裏一推：「仙人好走，學生不送了！」說著，得意洋洋地拍了拍手。

那仙人一下子滾落下去，撲通落水，也沒有沉下去，而是在水中掙扎，高聲喊著：「快……快救我……」

這一番折騰，差點要了那仙人的老命，好不容易被人救上岸來，看著皇帝那殺人的眸光，立時磕頭認罪。

趙佶是又生氣又好笑，咬著唇，心想：自己九五之尊，竟被這麼個東西給騙了，實在有傷體面，立即揮退了百官，獨獨留下了沈傲，淡然道：

「沈愛卿以為，朕該如何處置他才好？」

沈傲正色道：「微臣不明白，陛下為何要處置他，人之初性本善，可是到了後來，受了利誘才變壞了，陛下若是不信鬼神，又豈會有人來招搖撞騙？這些話，微臣本不該說，可是陛下待微臣近如子侄，微臣就在想，若是連微臣都不說，別人就更不會說了，所以微臣以為，陛下不該懲處這個騙子，卻應該重賞他。」

趙佶的面子有些掛不住，深深地看了沈傲一眼，怒道：「哼，還要賞他？」

沈傲道：「若沒有這個騙子，陛下又如何明白他口中的鬼神之說，不過是胡言亂語呢？」

趙佶板著臉，抿了抿嘴，道：「是朕識人不明，你說得也沒有錯，來人，將這人趕出宮去吧！」而後又對著沈傲道：「沈傲，隨我到文景閣去。」

這一對君臣一前一後，一路上都沒有說話。

到了文景閣，趙佶才道：「你在杭州又胡鬧了？」

沈傲連忙道：「陛下這一次真的是冤枉了微臣，那裏人生地不熟，微臣哪裡敢胡鬧。」訕笑了一聲又道：「胡鬧是沒有，打死我也不會承認；倒是讓人冤枉了一遭，人善被人欺啊，微臣好端端的痛改前非，決心要做一個至誠君子，誰知竟遭人構陷，這才知道好人是做不得的。」

沈傲在心裏正竊笑著，皇上的肚子裏還有一股怨氣，又不好發作，得給他尋個臺階下才是，轉而道：

「其實微臣與陛下都是好人，好人總是要吃些虧的，比如方才那騙子招搖撞騙，竟敢欺到陛下的頭上來，這就是知道陛下寬以待人，是個仁厚之君，這才生出天大的膽子。陛下試想一下，若陛下是商紂、隋煬那樣的暴虐君王，又有誰敢摸老虎屁股呢？陛下，這都是你過於仁慈的緣故啊。微臣正是一心要向陛下學習，哪裡還敢出去搗亂。」

趙佶臉色緩和了一些，道：「你什麼時候也學會拍馬屁了。」

他淡然地說了一句，其實心裏對沈傲的話深以爲然，甚至還有一點點飄飄然起來，拙劣的馬屁，於趙佶是不受用的，要拍馬屁，也需有理有據才行，趙佶心中微微一喜，心裏想，沈傲說得不錯，若朕是商紂、隋煬，別人躲避都來不及，誰還敢在太歲頭上動土。

趙佶定了定神，正色地道：

「這一次召你來，仍舊是契丹人的事，契丹人一直希望由你出使遼國，朕原是不許，可是如今是要重新考慮了，不過眼下當務之急的，是解決西夏人和遼人矛盾的燃眉之急，西夏人與金人盟誓，準備出兵攻打遼國，遼使前來求救，望我大宋能出兵西夏，沈卿以爲如何呢？」

沈傲也正色道：「現在還不是恰當的時機。」

趙佶頷首點頭：「你繼續說下去。」

沈傲道：「現在出兵，只會便宜了遼人，按微臣的估計，西夏人還沒有做好戰爭的準備，只不過是先進行一番恫嚇，好教遼人膽寒罷了。西夏人會恫嚇，我大宋莫非不會恫嚇嗎？此事要解決也容易，陛下只需調派一支勁旅，加強西夏邊境的軍力即可，西夏人去夾攻遼人，難道就不怕我們與吐蕃一起夾攻西夏？」

趙佶道：「你的說法與蔡太師和衛郡公的並無二致。」

沈傲聽罷，微微地皺了一眉，又道：「臣還以爲，禁軍也不必急於調動，主動權在我大宋，遼人那邊處於被動地位，何不趁著這個機會，索回燕雲十六州的失地？」

趙佶精神一振，道：「只怕遼人不肯，遼人失去了關外大片領土，只能在關內苟延殘喘，燕雲十六州對於契丹人至關重要，又豈會輕易放棄？」

沈傲笑道：「現在當然是要不回來，不過先索要一些倒也不太難。」

趙佶笑了笑，道：「朕知道你一定有了什麼歪主意，好吧，朕不管這些，這國策既是你提出來的，這件事你就不能不管了，待時機成熟，朕即命你爲欽差，專司斡旋吧。」

沈傲知道趙佶現在心裏已有了底，反而不著急了，笑道：「微臣敢不從命嗎？」

趙佶打起精神，便叫沈傲到近前來，拿出這些時日的作品給沈傲看，不由洋洋自得地道：「朕這一日有了明悟，作起畫來比從前清明多了，你來看看，覺得如何？」

沈傲看了畫，趙佶拿出來的是山水圖，這山水圖佈局合理，用墨很足，趙佶方才說得沒有錯，他這些時日確有突破，尤其是在山水畫方面，不由地讚了句：「好畫。」隨即指出了幾點瑕疵之處，趙佶也虛心接受，二人對案而坐，許多天沒有見，要說的話倒是不少。

楊戩從閣外進來，道：「太后請陛下起駕後宮。」

趙佶頷首點頭，道：「朕看一定是晉王教唆的，他是要朕在母后面前親口原諒他，好逃脫責罰，哼，真是越來越不像話了。」

雖是冷哼，臉上卻沒有怒意，看了沈傲一眼，道：「沈卿也隨我走一趟吧，閒來無事，就當是見一見賢妃吧。」

沈傲應下，趙佶帶他到了後宮，他雖來過幾次，可是每次都是走馬觀花，況且這麼多閣樓殿宇，他所見的也不過是安寧公主的閨閣而已，等他步入欽慈太后的寢宮，這才知道後宮規模之大，超出了自己的想像。

「安寧不知如何了，這個小丫頭雖是一國公主，但一點架子也沒有，性子上溫柔羞澀，這麼久沒見，倒是有點兒想她了。」

路過安寧的閣樓時，沈傲邊是想著，邊忍不住地看了一眼，心裏暖呵呵的，陡然想起安寧作的那首詞，那少女夜中想念心上人的滋味，讓沈傲的心頭也變得柔和了起來。

進了一座巍峨的宮室，裏頭傳出略帶沙啞的聲音：「是官家來了嗎？」

趙佶連忙疾步進去，朝那榻上盤膝坐著的婦人屈膝道：「母后……」

沈傲不動聲色地隨後進去，左右打量，整個宮室與他想像中的不同，雖是一如既往的鋪張奢華，卻多了幾分刻意的樸素，室中人不多，那盤膝坐在榻上的婦人，自是欽慈太后了。

欽慈太后的身邊是晉王趙宗，小郡主不知跑到哪裡去了，趙宗臉上慘兮兮的，心驚膽寒地看著趙佶，顯得忐忑不安。

趙宗的這般模樣，惹得欽慈太后看了他，更是心疼得擰起了眉毛，臉上如蒙了一層冰霜，道：「官家是天子，叫哀家母后做什麼，哀家當不起。」

趙佶忙道：「母后對兒臣有養育之恩，兒臣豈能忘記。」

欽慈太后板著臉道：「難得你還記得，可是在你心裏，晉王還是你的皇弟嗎？」

趙佶心虛不已，道：「母后何出此言？」

欽慈太后捏著晉王的手，冷若寒霜地道：

「這要問你自己，晉王和你都是哀家生出來的，一母同胞，從前你是端王的時候，晉王與你親若兄弟，如今你做了皇帝，君臨天下了，倒是不認你這兄弟了。哀家問你，晉王爲何這般怕你，他只是犯了些許小錯，卻要嚇得逃到杭州去，你身爲皇兄，他這般的畏你懼你，你竟還吃得下飯，還有心情吟詩作畫，你捫心自問，你心裏頭真有這個嫡親兄弟嗎？」

欽慈太后越說越氣憤，趙佶只能躬身聽著，不敢反駁，連忙道：「不敢，不敢……」

欽慈太后道：「你少來敷衍哀家，哀家會不清楚你的心性嗎?你當了皇帝，了不得了，什麼兄弟，在你眼裏又算得了什麼，在你跟前圍著的那些人，哪一個都比晉王會奉承你，哼，若是你不顧我們這一對母子，大不了哀家搬出宮去，去晉王家裏住，你兄弟若是讓你看著礙眼，你就剝了他的王爵，我們母子再不敢叨擾你，各自相依爲命就是。」

趙佶冷汗淋漓，只能訕訕笑道：「兒臣絕沒有這個心思，母后言重了。」

欽慈太后冷哼一聲，道：

「你口裏這般說，心裏卻不是這樣想的，我們娘倆是苦命人，受不得這天大的富貴是不是？你也不想一想，當日你還是端王的時候，是誰和你最親密，小時候，一塊宮裏頭賞來的桂花糕，晉王還要留著分你一半，現在倒是好了，天下都是你的了，你還稀罕晉王分你的吃食嗎？」

趙佶看了趙宗一眼，隨即道：「這些事，兒臣當然記得，永世都不敢忘，晉王是兒臣的胞弟，最親近不過的人。」

欽慈太后似也覺得說得差不多了，看了一旁依然慘兮兮的趙宗一眼，道：「那哀家現在要問你，眼下言官紛紛要彈劾晉王，說他擅離京師，你該怎麼說？」

趙佶道：「兒臣將奏疏束之高閣。」

趙宗鬆了口氣，火候差不多了，握著欽慈太后的手，道：「母后，皇兄對兒臣還是很好的，你也不要責怪他，他是天子，總是要有些顧忌的。」

沈傲在旁忍俊不禁，這個趙宗真是陰險狡詐，他自己犯了錯，到頭來倒還來充好人，反觀那位皇兄，沒鼻子沒眼地遭了一頓數落，還左右不是人。

欽慈太后立馬笑了起來，便對趙佶道：「你看，你兄弟都這般維護你，和和睦睦的

才是正理，我們是帝王之家，更該給天下人做個表率，教他們看看，帝王家也有親情的。」

趙佶心裏苦笑，依然低眉順眼地道：「母后教訓得對。」

既然事情已經得到了解決，欽慈太后便讓趙佶坐到跟前來，問他近來是不是過於操勞，讓他放寬心，先是一棒打了趙佶頭暈眼花，隨即又奉上一顆甜棗。

趙佶鬆了口氣，忙道：「兒臣倒也沒什麼，只是母后要照顧好自己的身體。」

欽慈太后方才只顧著教訓趙佶，沒有在意也跟著進來的沈傲，現在得了空閒，一雙眼眸落在沈傲身上，見沈傲側立在門邊上，便道：「這是誰？怎麼進來了也不說話？」

沈傲心裏想，我敢說話嗎我？說了你就嫌我多嘴了。心裏雖是委屈，但沈傲還是無比恭敬地朝欽慈太后行了個禮，道：

「微臣仁和縣尉沈傲，見過太后。」

欽慈太后想了想，頓時笑了起來，在外人面前，欽慈太后是很有母儀天下的形象的，看著沈傲，微微含笑道：

「沈傲，哀家想起來了，安寧那丫頭和紫蘅都提過你，還有賢妃，也曾說到你，據說你是藝考和科舉狀元，想不到你這般的年輕！」

沈傲呵呵一笑，道：「太后過獎，微臣不過是有幾分虛名罷了。」

「這不是虛名，世上能考上狀元的又有幾人？據說你還給安寧看過病，安寧這個孩子自小體弱，許多太醫都束手無策，你有這般的妙手，哀家還要感謝你呢。」

欽慈太后一邊說，一邊叫人搬了錦墩來讓沈傲坐。

沈傲上下打量欽慈太后一眼，心裏想，這個太后倒是很會做人，喜怒只在一念之間，隨時準備好了兩副面孔，看來這宮中的女人，哪個都不是省油的燈，單憑著方才她的那些話，沈傲就覺得這太后是不可小覷的人物。

不過這也不打緊，太后的手段再如何高，那也是用來管理後宮的，自己與她沒有利益衝突，倒是不必怕什麼，笑呵呵的道：「太后謬讚，微臣愧不敢當。」

欽慈太后笑吟吟地又說了些勉勵的話，隨即突然道：「對了，你是祈國公的親戚嗎？」

沈傲點頭稱是。

欽慈太后笑道：「難怪這般的機靈，很好，你也算是宣力功臣之後，官家不會虧待你的。」

沈傲汗顏，笑呵呵地道：「太后這般待微臣，微臣會更加盡心盡力了。」

說完這話，眼睛不經意地落在欽慈太后一旁的几案上，几案上擺著一副葉子牌，不由生出幾分好奇之心，身為大盜，賭具他自然耳熟能詳，可是這葉子牌，他只是從古籍中略略聽說過，卻從來沒有真正見識。

葉子牌在唐末宋初時就已經流行了，一般都是貴族之間消遣的工具，尤其是各家的夫人最為熱衷，原因很簡單，這個時代的婦人大多儘量減少拋頭露面的機會，娛樂項目很少，這葉子牌就成了難得的消遣工具。

所謂葉子牌，可以算是世界上最早的紙牌遊戲，具體的規則沈傲也不懂，心裏忍不住想，這葉子牌不知與那撲克牌是否有什麼聯繫。

欽慈太后注意到沈傲的視線，抿抿嘴笑道：「怎麼？沈傲也愛玩葉子牌嗎？」

沈傲連忙道：「微臣倒是不會，只是第一次見這牌，有幾分興趣。」

欽慈太后便笑著對趙佶、趙宗道：「大男人對葉子牌有興趣，這倒是奇了，哀家還是第一次知道。」

其實打葉子牌的男人多了去了，男人好賭，葉子牌就是一個極好的賭具，之所以她不知道，不過是身邊本就沒有幾個男性，趙佶、趙宗又各有愛好，對葉子牌不太熱衷罷了。

欽慈朝沈傲招招手，道：「你來，哀家來教教你。」

沈傲也不惶恐，從容地走過去，心裏想，想來這欽慈太后一定是個牌迷，一看他露出一點興致，便忍不住要傾囊她的葉子牌的心得經驗。

欽慈太后叫沈傲到身邊去，告訴沈傲這個牌是什麼，那個又是什麼，這紙牌本是御用之物，做工極好，比之後世的撲克牌不遑多讓，再加上葉子牌的規矩也簡單，與後世的麻將略有相似。

聽明白了規矩，沈傲心裏想，這還真是麻將的老祖宗，而且還屬於麻將的傻瓜版，譬如麻將有筒子、萬子、梭子以及東西南北風等等，可是葉子牌卻只有十萬貫、萬貫、索子、文錢四種花色。

其中，萬貫、索子兩色是從一至九各一張；十萬貫是從二十萬貫到九十萬貫，乃至百萬貫、千萬貫、萬萬貫各一張；文錢是從一至九，乃至半文、沒文各一張。類型上比麻將簡化了許多，因此比起麻將更加容易上手。

欽慈見沈傲學得快，頓時大悅，連兒子都顧不得了，道：「不如這樣，左右你也無事，就陪哀家打幾局玩玩。」

沈傲很心虛地道：「和太后打牌，要不要彩頭的？太后，學生家裏只有幾萬貫錢，可經不得輸的，我們玩小一點好不好？一百貫一局，小賭怡情嘛……」

第一三五章
無處不在的丈母娘

他舉起眉眼來向前一看，卻看到一個風姿綽綽的老婦迎面過來，

相對於老婦來說，確實夠風姿綽綽的，來人正是沈傲的丈母娘，唐夫人。

沈傲汗顏，丈母娘真是無處不在，笑呵呵的過去問了個安。

趙佶聽得吹鬍子瞪眼道：「你當這是賭檔嗎？和太后打牌還要小賭？」

欽慈太后卻是心情大好地笑著，道：「好，就小賭怡情，一百貫一局，官家和晉王要不要也來玩玩？」

二人對葉子牌都沒有興趣，連忙搖頭，趙佶道：「母后，兒臣還有事要處置，先告退了，待明日再來問安。」

晉王亦道：「進了宮這麼久還沒有回家去看看王妃，兒臣也先走了，母后好好玩牌。」

二人慌不擇路的逃之夭夭，想必對葉子牌深惡痛絕。

欽慈太后便道：「得再尋兩個人來，賢妃不是你的姑姑嗎？不如就叫她來，安寧左右也無事，去問問她是不是有閒。」

內侍立即去叫人了，過了一會兒，先是賢妃徐徐進來，給欽慈見了禮，見了沈傲，微微一笑，道：「沈傲，你不是去了杭州嗎？」

沈傲道：「又被皇上招了回來。」

賢妃笑道：「回來也好，在外頭做官，也不見得比汴京好。」說罷，便坐到欽慈太后的一邊，問了些冷暖。

再過了一會兒，安寧公主也來了，安寧公主又消瘦了一些，見了沈傲，一時竟忘了給太后問安，一雙水霧騰騰的眼眸深望著沈傲，似有幽怨，隨即又察覺到失態，將俏臉別到一邊，不敢再看沈傲了，對著太后行禮道：「兒臣見過太后。」說罷，乖巧地站到一邊，道：「不是說打葉子牌嗎，怎麼還少了一個人？」

欽慈笑道：「哪裡少了，加上這位沈學士，不正是四個嗎？」

安寧公主含羞道：「他一個大男人，也打葉子牌的嗎？」

沈傲心裏偷笑，正經無比地道：「微臣只是初學，還要請大家承讓。」

言明了規矩，四人各坐桌上一角，推了牌，每人各取了八張牌，沈傲拿了牌，只一看，便跟著上家出牌。

他對麻將本有心得，在後世，麻將作弊最高深的方法並不是換牌，之於特異功能更是扯淡，真正有用的還是計牌，也就是從打出來的牌中計算哪些牌已經出了，哪些牌還沒有出現。

這種方法需要很高的記憶力，沈傲爲了學習這個方法，從前可是費了一番功夫的。這葉子牌比之麻將數量少的多，因此要記憶也容易了許多。

出了一圈牌下來，沈傲心裏已經差不多有了底，太后的水準應當是最高的，其次是賢妃，至於安寧完全是湊數的份。

沈傲先故意輸了兩局，先對三人進行觀察，這裏頭又有門道，不同的人，拿了好牌和壞牌的面部表情是迥異的，譬如欽慈太后，若是拿了好牌，眼睛便忍不住眨一眨，這只是最細微的表情，可是認真觀察，卻能瞧出端倪。

「好了，看本公子大殺四方，先賺點零花錢來花花。」沈傲心裏有了底，心裏湧出雄心壯志，卻是一臉苦相地對欽慈太后道：「太后的牌技出神入化，微臣實在是差得遠了。」

欽慈太后笑道：「你第一次能打到這般的水準，已是很不錯了。」

沈傲陪著太后又打了幾圈，仍舊是輸得一敗塗地，賢妃在一旁笑道：「沈傲，你這般輸下去，只怕到時你連新宅子都要當了也還不起這筆債呢。」

安寧抿抿嘴，似笑非笑，見沈傲一副患得患失的樣子，便道：「不如這樣，我們將賭注減少一些可好？」

她怕沈傲吃了虧，不忍看到沈傲沮喪的模樣。

欽慈太后上了勁頭，不肯甘休道：「先打了再說，沈學士這點錢都輸不起嗎？」

沈傲心裏偷笑，他這叫欲擒故縱，不先輸幾局，如何能麻痹對手，苦著臉道：「是，是，難得太后高興，不過嘛，一百貫玩的沒有興致，不如這樣吧，就以五百貫一局如何？」

欽慈太后贏在興頭上，應承下來：「好，哀家全聽沈學士的。」

沈傲眼眸中閃過一絲狡黠，洗了牌，下一局出牌時，沈傲的打法一下子變得詭異起來，明明太后的牌好得很，就差一張九十萬貫，可是出了數輪，卻總是不見來，這樣的情況是很少見的，待她拆了九十萬貫的連牌時，沈傲卻突然甩出一張九十萬貫來，該來的時候不來，不該來的時候卻偏偏來了，彷彿這個沈傲一眼洞悉了她的底牌一般。

這一局沈傲連續翻了兩番，一把就賺了三千貫，安寧蹙著眉道：「沈學士，事先說好了，我可沒有這麼多月錢輸給你。」

沈傲哂然道：「不打緊，不收你的錢。」

接著又是七八局下來，沈傲勢如破竹，竟是連贏了數把，一會兒功夫，非但方才的欠賬全部還清，單欽慈太后一人便輸了他六千貫。

眼看天色不早，再過半個時辰宮門就要落鑰了，沈傲不敢逗留，向欽慈深深一禮道：「微臣僥倖贏了幾把，請太后恕罪，至於這賭局，不過是玩笑罷了，太后不必認真，微臣告退。」

沈傲若是不這般說倒也罷了，可是故意不要欽慈的賭賬，欽慈反倒不依了，願賭服輸，堂堂太后難道還賴了一個小小縣尉的錢嗎？若是傳出去，母儀天下的威儀還往哪裡擱？

欽慈不肯，道：「該輸的自然給你，你能這麼知禮，哀家已經很高興了，錢卻是不能少的，沒的叫人笑話。」

沈傲再三拒絕，欽慈太后含笑道：「既如此，哀家便賞些東西給你吧，過幾日叫人送去。」

沈傲不要錢，欽慈就等於欠著沈傲一個人情，身爲太后，豈有欠人人情的道理，所以這人情非奉還不可。

沈傲也正因爲看清楚了這一點，才故意不要錢，錢算什麼，幾千貫而已，沈傲如今的身家，隨隨便便拿出來也不只是這個數字，還真不太放在眼裏，與其這樣，倒不如讓欽慈欠著，賬這東西，欠的時間越久，到時候要還給沈傲的就越多。

他再三行了禮，才大喇喇的告辭出去，一路出了後庭，隨即步行出宮，許久沒有回家，想到要見家中幾個嬌妻，心中忍不住蕩漾起來，恨不得插上翅膀，立即回家。

興沖沖的到了家，門房的人見了他，一邊笑嘻嘻地相迎，一面去飛報了。

沈傲大喇喇的進去，這是他的家，一個真正意義的家，那種回到汴京第一個想到的地方，他加快了步子，走到了前院，才發現這前院滿當當的停著兩輛貨車，貨車上裝滿了貨物，都用油紙封了，也不知裏頭到底是什麼東西。

「有人來送禮？莫非是太后叫人送來的？」沈傲想了想，啞然失笑，太后哪有這麼快就送來，舉步繼續往前走，心裏又想，第一個撞見的是若兒呢還是蓁蓁，茉兒又在做什麼？

他舉起眉眼來，向前一看，卻看到一個風姿綽綽的老婦迎面過來，相對於老婦來說，確實夠風姿綽綽的，來人正是沈傲的丈母娘，唐夫人。

沈傲汗顏，丈母娘真是無處不在，笑呵呵的過去問了個安。

唐夫人眉開眼笑的道：「早就聽人說你今日已經回來了，哎呀呀，你這一番下杭州瘦了一些，對了，杭州好玩嗎？爲何不見四夫人回來？」

四夫人就是春兒，沈傲連忙把春兒留在杭州的原因說了，便指著兩輛大車問：「這是哪裡來的？」

唐夫人笑道：「說是一個叫阿巴也骨的金國商人送來的，他說你愛古玩，因此特意拿了些不值錢的玩意來請你賞玩，茉兒她們不肯收，誰知那人叫人放下了車，人就跑了。」

沈傲哈哈一笑，金人也來送禮了，看來自己回到汴京的事，早就傳揚到各方的耳朵裏了，這是風口浪尖啊，誰都想巴結一下。

他想了想道：「他們既然要送，就收下吧，反正他自己說是不值錢的東西，送到柴房去。」

恰好劉勝興沖沖的趕來了，聽了沈傲吩咐，立即指揮人將車子推到柴房去。

和唐夫人心照不宣的說了幾句話，不知不覺的到了後園，三女才慢騰騰的出來，見她們巧飾淡妝的可人模樣，沈傲心裏明白，方才她們聽了通報，反倒是不急著出來見自己，都躲回房裏化妝去了，女爲悅己者容，這妝還不就是畫給自己丈夫看的。

沈傲不去點破，當著丈母娘，也不好說些亂七八糟的話，只說自己餓了，叫人到廚房拿些飯菜來。

吃飽了飯，唐夫人倒頗是識趣，便道：「老身回去了，那死鬼夜裏沒有人做飯，寧願餓著也不願意自己親自下廚的，君子遠庖廚，不知是哪個喪盡天良的聖人說出來的話，教得這些徒子徒孫一個個只懂得飯來張口。」

沈傲心裏大笑，連忙挽留道：「乾脆我叫人去將岳父接來用飯算了，何必這麼麻煩。」唐夫人不肯，才道了別。

等到唐夫人走了，沈傲嘻嘻一笑，一把攬著茉兒、蓁蓁二人，左擁右抱，對茉兒道：「丈母娘裏，你娘最是厲害，方才那一句喪盡天良的聖人，聽得教我肝兒都顫了。」

茉兒有些羞澀，道：「我娘就是這個性子，你也莫要怪她。」

沈傲無比嚴肅的道：「我哪裡怪了她，倒是覺得她的話實在是受用不盡。」

蓁蓁嫣然笑道：「你口裏這樣說，心裏一定怪了，你們這些讀書人都恨不得將聖人刻在自己腦門上日夜供奉。」

周若在一旁有點兒吃醋，見沈傲攬著蓁蓁和唐茉兒，心裏酸酸的，故意將氣撒在沈傲身上，道：「是啊，回了汴京也不先趕著回來一趟，叫個人送個口信也好，害得我們嚇了一跳。」

沈傲無比正經的板起臉來，深邃的眼眸彷彿透過了黃昏的光線穿越了無數院牆、街巷，清澈的眼眸微微一閃，正色道：

「若兒，你夫君是朝廷命官，干係著天下人的福祉，怎麼能先私後公呢，在其位謀其政，回到京城，當然是先進宮和皇上討論時事，商議時局，順便再述了差事才是。」

周若撲哧一笑：「整整一個下午，你都和官家在商議國事？哪裡有這麼多國事讓你商量的。」

沈傲當然不能說自己去打葉子牌來，苦笑著放下茉兒，茉兒如蝴蝶一般跑開，沈傲嗅了嗅自己的衣襟道：「衣服有些發酸，我先去洗個澡吧。」

蓁蓁聞言，便去叫人燒水，沈傲沐浴一番，換了乾爽的衣衫，不由心曠神怡起來，拉著三女在後園的亭中坐著。

天色漸晚，一輪圓月高懸天空，夜風拂面，帶來幾分涼意，卻也讓人清醒了幾分，互道了幾句別離之情，唐茉兒突然想起什麼，道：

「對了，在前院的那兩車東西，夫君看見了嗎？」

沈傲輕輕搖著扇子驅趕蚊蟲，聞言道：「我已叫人將它們送去柴房了。」

唐茉兒道：「那人自稱是金人，這些禮物我們不敢收，才放在前院等那人來取，夫君，金人來送禮一定是有所求，還是退回去的好。」

有唐嚴那樣的父親，茉兒對這些事倒是略有些瞭解，滿是擔心。

沈傲哈哈一笑：「東西都送來了，他們不來取，那我們只好照單全收了，怕個什麼，送東西是送東西，有所求是有所求，我該怎麼辦還怎麼辦，不會受這些禮物的影響就是。」

唐茉兒道：「可是你若是不爲他們辦事，他們告發了夫君怎麼辦？」

沈傲嘻嘻一笑：「茉兒這就不懂了吧，明日挑幾樣先送到宮裏去，我看他們到哪裡去告，我們這叫沒收金人財產，非但無過，還是爲國爭光，既削弱了金人的實力，又提高我大宋官員的收入，這是兩全齊美的好事，陛下聽了一定很高興。」

他這般歪理說出來，教人目瞪口呆，蓁蓁爲沈傲篩了茶過來，道：「就是你會胡說八道，收了人的贓物，你還有理了。」

沈傲接過茶，便脹紅了臉，額上的青筋條條綻出，爭辯道：「收禮不能算賄賂……

讀書人的事，能算貪汙受賄麼？」

四人正說著笑，劉勝小心翼翼的過來，乘著夜色在遠遠停住，不敢靠近，稟告道：

「少爺，遼國使臣求見。」

金人的崛起，使得關內的時局窘亂起來，敵人變成了朋友，朋友成了寇仇，各方使節依托著汴京大顯身手，不管是西夏、金人，還是吐蕃、契丹，目光都聚焦在一個縣尉身上。

大宋的政治自趙佶登基之後，就不是從前的光景，眼下寵臣當道，受到信任的太監可以鎮守三邊，蹴鞠的可以一躍成爲太尉，統管天下軍馬，眼下這小小縣尉，也一時成爲熱門，殿試對策能成爲一項國策，這是古今未有之事，沈傲連夜入京，各方已經意識到，這場暴風的風眼，正是在這個縣尉身上。

八月二十，沈傲任仁和縣尉，即刻上任；九月十七，沈傲被召回京師；二十三日抵京之後立即入宮，在宮中足足待了整整一天。

這一天裏，趙佶和沈傲說過什麼，沒有人知道，但是有一件事可以確認的，就是這個從杭州召回的縣尉，一定與金遼事務有關。

接到了消息，各方紛紛運作起來，耶律定正是其中一個，身爲天柞帝第五子，因爲

聯宋的干係重大，他是第一個以皇子身分出使的遼國使臣。

耶律定明白，拉攏這個沈傲事關重大，不但可以緩解遼國敗亡的頹勢，更爲重要的是，一定要得到宋朝對新政權的認可。

這個新政權，說起來也奇怪，雖說時間只過去一個月，可是遼國仍是兵敗如山倒，遼國國主天祚帝已被金軍嚇破了膽，位於關外的臨璜府在上京道淪陷之後，已被金軍虎視眈眈，這位老兄乾脆得很，立即作出決定——西逃。

此後，金軍一鼓作氣，立即拿下臨璜府，遼國國都自此淪陷。只是問題出來了，臨璜府攻陷，遼國震動，位於南京的耶律大石會同宰相李處溫二人，立即將二皇子耶律淳擁戴爲皇帝。

逃到大同的天祚帝仍在，南京卻又出現了一個新皇帝，於是，顯赫一時的遼國自此分裂，一個以南京道、中京道爲基地，另一個則以大同爲都，管轄著西京道。

耶律淳既即位，得知父皇還活著，居然還一口氣跑到了西京大同，自然也不客氣，乾脆遙尊他爲太上皇，繼續做自己的國主。可天祚帝不樂意啊，於是這西遼和東遼變成了勢同水火的局面。

耶律定是耶律淳派來的，他是耶律淳的胞弟，這一次就是希望宋廷能夠承認東遼，只有這樣，兄長皇位的合法性才能更加穩固，至於那個倉皇逃竄的父皇，耶律定是顧不上的。

沈傲剛剛回府，他立即接到細作密報，當即啓程拜訪，徑直進了前院，看到有不少下人正搬運著前院的大車，他忍不住好奇，多看了兩眼，一看之下，臉色不禁蒼白起來，故意與劉勝說了幾句好話，掀開其中包裹著油紙的小箱，一看，連手都禁不住地顫抖起來。

豈有此理，豈有此理……耶律定一拳砸在車轅上，猶如一頭發瘋的豹子。

那些搬運東西的下人一時驚呆了，這個人真是奇怪，莫非瘋了嗎？

小箱子裏裝的是一顆明珠，其實明珠也不值什麼錢，最大的問題是，這顆明珠是耶律定見過的，乃是遼國怡情公主冠上的飾物，明珠爲何會出現在這裏？

只要略略一想，耶律定就明白了，金軍攻陷臨潢府，怡情公主是耶律定的姐姐，已被金軍俘虜，明珠自然而然地落在了金軍手裏，此後，金人帶了這些明珠又到了汴京，大肆收買大臣，希望大宋能改變聯遼國策與金人盟誓。

耶律定生氣的不是金人送給沈傲的禮物，而是想到那被擄去的姐姐，國仇家恨此刻勾了起來，牙關咬得咯咯作響，大怒一聲，拿起那明珠重重往地上一摔，狠狠踩上幾腳，口裏還在咒罵著：「金狗……」

明珠碎成了數瓣，他的舉動，讓劉勝幾個人驚呆了，劉勝謹記自己的職責，這些禮物是自家主人的，東西摔碎了，怎麼交代？大吼一聲道：「呔，你這廝好生無禮……」

劉勝比不得他爹謹慎，畢竟年紀不大，不過三十歲上下，難免有些心氣，再加上這耶律定的無禮表現，更是怒從心起，呼喝著幾個下人就要揍人。

「住手！」沈傲聽了傳報，與夫人們說了幾句話，就出來會客，慢悠悠地走過來，看了地上的明珠，對劉勝道：「怎麼回事？」

劉勝道：「表少爺，這廝把你的禮物摔碎了，這是上好的明珠呢。」

耶律定想起了自己的使命，上下打量了沈傲一眼，心裏也明白自己鑄了大錯，禮物是金人送給沈傲的，這即是沈傲的私人物品，自己本就有求於此人，這樣做實在有些過分，連忙躬身道：

「請問是沈傲沈學士嗎？鄙人慚愧，竟是不小心摔壞了您的明珠。」

沈傲帶著笑打量眼前的來客，連忙挽住他，很真誠地道：

「啊呀呀，還行什麼禮，原來是遼國來的朋友，學生是最喜歡與遼國朋友打交道的，敢問兄台高姓大名。」

耶律定道：「鄙人耶律定，沈學士，多有得罪了。」

沈傲正色道：「一個明珠而已，不過七八萬貫錢的事，摔了就摔了，耶律兄切不可再說這種客套話，沈某人是那種爲了小小明珠而不要朋友的人嗎？更何況，宋遼乃是兄弟之邦，所謂有朋自遠方來，不亦樂乎，耶律兄能來我這裏走一趟，沈某人就已經很開心了，這明珠的事休要再提。」

一旁的劉勝糊塗了，這明珠滿打滿算也賣不出五千貫去，表少爺怎麼說它不過是七八萬貫錢的事？就這小小的明珠也值七八萬貫？

奇怪，真奇怪，換了往日，邃雅山房那邊來報賬說一日賺了三百貫，表少爺都喜滋滋的，若真是七八萬貫的珍寶，表少爺爲什麼說得這般漫不經心。劉勝不由地撓了撓頭，一點也體會不到表少爺的險惡用心！

耶律定自然不是劉勝，聽了沈傲這番盪氣迴腸的話，臉色稍稍一變，心裏已經明瞭了，深深一躬道：「沈學士果然是雅人，鄙人佩服至極。」

沈傲笑了笑，道：「雅人談不上，沈某人別的沒有，就是有義氣，所謂千金難換知己，錢是身外之物，我一向視金錢如糞土的；耶律兄，還是請進客廳喝口茶吧。」

耶律定隨著沈傲進了客廳，叫人點了蠟燭，廳中頓時光亮起來，又奉了茶，空氣中瀰漫著淡淡的茶香，沈傲當先問道：「不知耶律兄此來，有什麼見教。」

耶律定道：「倒也沒有什麼事，不過是來看看沈學士，與沈學士交個朋友，此外，我國國主一直希望沈學士能夠代表貴國皇帝出使鄙國，此事已再三向禮部懇求，若是一切順利，半個月內，沈學士便可隨鄙人成行了。」

沈傲哈哈笑道：「只是不知貴國為什麼一定要我來做這使節，如此盛情邀請，倒是教我汗顏了。」

耶律定眼眸閃爍了一下，沉默了片刻，道：

「因為沈學士是聰明人，今日天下，與戰國並無不同，在我的心目中，沈學士就是合縱攻秦的蘇秦，當今天下，金人最強，有入關吞囊宇內之心，虎視天下，野心勃勃，只有沈學士這般的大智之人，才能撮合宋遼之合，共抗強金。」

沈傲的心裏也不由地笑了，看來契丹人漢化的水準不錯，這位國使不但漢話說得圓潤，引經據典竟是一點都不比儒生差。

沈傲微微笑道：「蘇秦是不敢當的，不過眼下的時局，對於宋遼來說合則有利，抗金也是刻不容緩的事。」

耶律定探了沈傲的口風，不由大喜，道：「沈學士說得沒有錯，不過眼下西夏欲與金人夾擊我大遼，形勢已危如累卵，大宋可以出兵相救嗎？」

沈傲淡淡一笑，故意把玩著手裏握著的茶盞，飽有深意地道：「相救也容易，不過還要從長計議，等兩國簽署了新的盟約再說，這件事，不急。」

沈傲不急，耶律定急啊，一日不簽署盟約，大宋就拖延時間，等那西夏真的動兵了，就悔之不及了。

耶律定隨即一想，立即猜透了沈傲的居心，簽了盟約才肯幫忙，這沈學士是故意要逼著遼國儘快簽署盟約，否則他們就會一直拖延下去，只是宋國打算拿來交換的國書會有什麼內容呢？若是條件太苛刻該怎麼辦？

耶律定苦笑一聲，心裏想，再苛刻也只能就範，拖延時間對宋人沒有壞處，對遼人卻有著大大的害處，那是要冒國破家亡的危險，沈傲的狡詐之處也在於此，將西夏的事務與宋遼的關係捆綁起來，以此來逼遼國作出退步。

盟約的事還沒有談，耶律定就發現自己已經落於下風，他嘆了口氣，道：「沈學士的意思，鄙人明白了。」

沈傲爽朗地道：「這就好，大家都是聰明人，沈某人最喜歡和聰明人做朋友。」

二人一直談到深夜，之後的話就不再涉及到國事了，偶爾也說些琴棋書畫，耶律定倒真是個聰慧之人，現在還不是真正談的時候，先拉了關係再說。

到了子夜，耶律定才是起身告辭，沈傲熱絡地將他送出去，臨走時還不忘道：「耶律兄，你我一見如故，方才打碎了明珠的事，你切莫掛在心上，我們的交情就是十顆百顆明珠也不能換的。」

第一三六章
漫天要價

沈傲笑道：「陛下，既是談判，那就是漫天要價，落地還錢，
我們將這一條加上，遼人一定會對這一條拼死抗爭，對之後的條款難免產生疏忽，
到時候，我們用第一條來逼迫遼人接受其他的條款，也就容易多了。」

清早起來，掐指算了算，今日是九月二十四，沈傲跑到後園活動了筋骨，劉勝興沖沖地跑過來，上氣不接下氣地道：「表少爺，表少爺……」他喘了口大氣才道：「昨天那個遼國人叫人送來了八萬貫錢，說是賠償夜明珠的費用。」

劉勝以爲沈傲一定會大驚失色，誰知沈傲處變不驚地只是點了點頭，淡淡然地道：「知道了。」

劉勝道：「表少爺，八萬貫啊。想不到那遼人如此大方，早知道讓他多打碎幾件明珠、瓷瓶兒，表少爺保準要大發一筆。」

沈傲訓斥他道：「你於心何忍？人家賠了八萬貫就得了，做人要有原則知道嗎？人在哪裡，帶我去看看。」

劉勝引著沈傲到前堂，一個遼人夾著一個箱子等候多時，見沈傲過來，連忙站起來，將箱子打開，裏頭一遝遝的錢引只晃得人眼暈，遼人道：

「沈學士，我家主人昨日砸壞了你的明珠，實在抱歉得很，因此特地叫我來將明珠的錢送來。」

沈傲很客氣地道：「耶律兄太客氣了，這叫我如何敢當？這錢還是拿回去，告訴耶律兄，我沈傲最講義氣的，一個七八萬的明珠而已，怎麼能叫他破費？」

遼人當然不會真的傻到抱著錢回去，連忙道：「沈學士義薄雲天，汴京內外人盡皆知，只是這錢還是不要推辭，我家主人說了，能結識沈學士這般講義氣的朋友，是他畢生的榮幸，若有機會，他還會再來拜訪。」

放下了錢，遼人告辭出去，沈傲送了客，折身回來立即抱著箱子數了數錢，連續數了兩遍，臉色有些不好看了，對劉勝道：「劉勝，你來幫我數數看。」

劉勝數了一遍，道：「表少爺，好像數目不對，只有七萬九千八百貫。」

沈傲板著臉道：「無恥，明明說好了八萬，居然還少了兩張。」說罷，把錢帶回後園，讓蓁蓁收起來，蓁蓁大夢初醒，先是將錢收好，道：「這哪兒來的錢？」

沈傲道：「這種事你不要和茉兒說，這錢是別人賠給我的，損壞東西要賠償，對不對？」

蓁蓁聽他說得不清不楚，想了想，也就不再追問，她是個聰明的女人，男人不能逼得太緊，就問他：「餓不餓，我叫廚子送些餐點來。」

沈傲點點頭，用罷了早飯，宮裏頭來人了，原以爲是皇帝尋他，誰知那面生的太監道：「太后請沈學士入宮。」

太后？沈傲摸了摸鼻子，心裏想，莫不是三缺一吧？哎，這三缺一都從宮裏叫到這裏來了，佩服，佩服，太后果然和別人不一樣。

有時，太后的懿旨，比皇帝的聖旨還要管用，想起那一日訓斥趙佶的樣子，沈傲哪裡敢得罪這後宮之主，天大的事也得擱下。

隨著小太監到了皇宮，來到欽慈太后的寢宮，沈傲踱步進去，見裏頭竟來了幾個貴婦，他先向太后行了禮，左右看了一眼，安寧不在，倒是賢妃陪坐在一旁，朝沈傲招呼一聲，叫人搬了錦墩來請他坐了。

欽慈太后道：「今日天氣不錯，叫你來打幾局葉子牌，方才哀家叫人去問了官家，官家說你這幾天都沒有事，這敢情好得很，正好來陪陪哀家。」

沈傲心裏腹誹，這天氣不錯和打牌有什麼干係。

不及多說，太后便喚了賢妃還有另一個貴婦，四人一張桌子，叫人拿了葉子牌來開局。

這種葉子牌對於沈傲來說上手很容易，比麻將簡單多了，打起來很順手，幾番下來，有贏有輸，贏的是僥倖，輸的時候卻是故意的，總不能次次都贏人家老太太。

幾局下來，欽慈太后完全沉浸其中，不亦樂乎，連那母儀天下的架子都忘了擺了，沈傲心裏想，其實她也就是個尋常的老太太，別看她平時裝得挺像這麼一回事的，其實打了幾圈葉子牌，立即就暴露了她的本性。

至於賢妃，打起牌來總是有幾分優雅，沈傲知道，欽慈太后能玩得開，賢妃未必，畢竟是在太后面前，總要有幾分端莊。
不知不覺到了正午，欽慈竟是連吃飯都忘了，別人也不好提醒，倒是那個帶沈傲來的太監低聲道：「太后，該用飯了。」
欽慈抬眸，看了看天色：「這麼快？就拿些糕點來吃吧，不必這麼麻煩。沈傲，你遠來是客，招呼不周，要不，教人給你添置幾個小菜來吧。」
沈傲是餓了，心裏是不願只吃些糕點充饑的，卻不得不拒絕了欽慈的好意，陪著欽慈吃了些糕點。
吃完糕點，繼續鏖戰，又過了一個時辰，便聽到外頭有人道：「太皇太后到。」
欽慈雙眉一挑，卻是冷著臉道：「不必管，繼續玩牌。」
沈傲心裏有點虛，宮裏的事他略知一二，這趙佶的宮廷之中，有一個有趣的現象，就是太后很多，這主要的原因是，趙佶繼承的乃是兄長的帝位，趙佶入主宮城之後，自然要將自己的生母欽慈抬高身分，因此，原本欽慈這位王太妃被敕了太后。
除此之外，哲宗是趙佶的兄長，如今將帝位傳給他，趙佶又豈能無動於衷，因此又將哲宗的皇后孟氏立爲了太后，而哲宗的母親向太后則立爲了太皇太后。
其實按輩分，太皇太后高氏和欽慈太后是同等的，哲宗和趙佶是兄弟，這兩個女人一個是哲宗的母親，一個是趙佶的生母，只是因爲哲宗是先帝，因此這高氏比起欽慈太后來就高了一輩，這種奇怪的現象有些讓人匪夷所思。

過不多時，高氏在一個老太監的攙扶下徐徐進來，裏頭的內侍和宮女紛紛行禮：

「見過太皇太后。」

賢妃和那貴婦也不能坐了，丟了牌朝高氏行禮，沈傲見機也隨著大家附和，唯有欽慈自顧自地還在玩牌，咬著唇頗有些不悅。

高氏笑道：「太后也在玩葉子牌嗎？方才我叫人請你過去玩牌，你不去，倒是自顧自地躲起來玩了，太后就這般的怕我？」

欽慈太后板著面孔不作理會，沈傲看在眼裏，心裏想，這太皇太后和太后之間一定早有衝突，只是不知這高氏這個時候來做什麼，莫非是故意來惹事的？天啊，自己只是三缺一被人拉來的，神仙打架，可千萬別傷及無辜。

誰知越怕什麼，越來什麼，高氏的臉有些冷了，看了沈傲一眼，冷聲道：

「喲，這俊俏的小後生是誰，後宮是你隨便能進的嗎？若是被外頭人看見了，還道你是哪個宮裏的面首呢。」

欽慈太后聽罷，臉色更加冷了。

「你這嘴真毒啊！你全家才都是面首！」

沈傲豈會不知道面首是什麼意思，她這話是暗指沈傲成了太后的男寵，表面上是侮辱沈傲，其實是將矛頭指向了欽慈太后。

沈傲正色道：「太皇太后這些話倒是讓學生不懂了，學生是賢妃的外甥，與太后也算連著親，後輩來看望長輩，問個安，這是情理之中，難道太皇太后沒有後輩來見禮的？」

欽慈臉色緩和了幾分，心裏想，這個沈傲玩牌頗有天賦，就是這張嘴也厲害，連太皇太后都敢頂撞。口裏正色道：「沈傲這孩子，哀家喜歡得很，誰要是敢亂說三道四，哀家撕了他的嘴。」

她的話是向寢宮裏的太監、宮女們說的，可是真正的指向，很明顯是向著高太后的。

高氏冷哼一聲，卻不去針對欽慈，只當欽慈的話沒有聽見，冷笑著對沈傲道：「這裏哪裡有你說話的份，你倒是懂得恃寵而驕，一點兒規矩也沒有。」

賢妃想爲沈傲辯解一句：「太皇太后……」

高氏冷冷地看了賢妃一眼，打斷她：「他就是你的外甥？你這個外甥很了不起啊，賢妃，你整日往雍和宮裏跑，是要巴結誰來？」

賢妃的性子較爲軟弱，聽高氏這般斥責，已是淚眼婆娑，再不敢說話了，咬著唇忍住眼眶的淚水。

沈傲見賢妃受氣，心裏有些氣憤，卻也不敢放肆，畢竟這宮裏頭高氏的權勢不小，自己得罪了她倒也罷了，往後賢妃的日子反而更不好過。

高氏洋洋得意地看著桌上的葉子牌，又對欽慈太后道：「我是專程來打牌的，誰知太后已叫了人來，看來是不敢和我打了，也罷了，來人，擺駕回坤寧宮吧。」

欽慈太后冷笑一聲道：「既然來了，那麼就不妨打幾局吧，上次輸了你一件玉釵兒，不知你帶來了嗎？」

高氏方才使的就是激將法，見欽慈太后動怒，眼眸中閃過一絲喜色，道：「就怕你贏不回來。」

欽慈太后見賢妃這般模樣，便對賢妃道：「賢妃就先回寢宮歇了吧，沈傲來坐我的對角，趙夫人，你陪著太皇太后。」

重新坐下，沈傲故意坐在高氏的上家，心裏想，這個高氏如此囂張，只怕牌技不低，且先看看她的本事。

沈傲故意地道：「我們方才打的賭注很大，太皇太后一定要來嗎？」

高氏笑道：「很大是多大？」

沈傲隨口瞎扯道：「一千貫一番。」

高氏信心十足地道：「哀家就怕你們輸不起。」接著就率先洗牌。

沈傲一開始並不急於取勝，而是先對高氏觀察一番，見她拿了好牌時，指節總是忍不住敲敲桌子，拿了壞牌，嘴角便會微不可察地輕輕一撇，心裏有了計較，故意先輸了高氏兩盤。

高氏贏了牌，更是喜上眉梢，讓欽慈太后臉色鐵青，倒是坐在高氏下風的貴婦趙夫人有點神情恍惚了，她不比沈傲，在這宮裏頭，又不敢得罪欽慈太后，又不能得罪高氏，因此雖是全神貫注的樣子，卻完全是心不在焉，幾次出錯了牌，叫下一輪的欽慈太后更顯不悅。

沈傲不動聲色，心裏想，時候差不多了；接下來幾局，他開始計算牌數，觀察高氏的臉色，七八局下來，高氏竟是連連輸了七把，一敗塗地。

高氏轉喜爲怒，口裏絮絮叨叨地說了許多難聽的話，埋怨沈傲胡亂出牌，沈傲心裏想，我是你的對家，難道還要放牌給你過嗎？你罵個什麼？

到了後來，高氏輸得煩了，短短一個時辰竟是輸了兩萬多貫出去，須知宮裏頭的女人雖然不缺錢，尤其是高氏這般尊貴之人，卻也沒有金山銀山，每個月都有定例的，一個月按時發放，既不會多，也絕不會少，這幾年，高氏倒是存了不少的錢，她的月錢最多，平時也沒有什麼花用，卻也經不住這樣的慘敗。

沈傲見她臉色越來越差，便故意推牌道：「今日玩得差不多了，就到這裏吧，學生還是先告辭了。」

高氏冷聲道：「才方方坐下你就要走？再打幾局。」

沈傲道：「那就打一局，一局定勝負如何？」

高氏想了想：「怎麼個一局定勝負法？」

沈傲圖窮匕見，含笑道：「簡單得很，若是我輸了，方才贏來的錢全部一筆勾銷，可要是太皇太后輸了呢？」

高氏沉默了片刻，道：「你想要什麼？」

沈傲笑道：「學生哪裡敢要太皇太后的東西，不過學生是晚輩，是以就大了膽子，就賭太皇太后頭上的金釵吧。我若輸了，所有贏來的錢悉數奉還，太皇太后若輸了，便將金釵賞給學生，如何？」

一副金釵，再如何值錢也不會超過兩萬貫，表面上，是沈傲含淚大拍賣，可是從深裏說，那金釵乃是太皇太后的臉面，是尊貴的表現，若是輸了，失去的不是金釵，而是顏面。

高氏笑了笑：「好，哀家倒要見識見識你的厲害。」

欽慈太后給沈傲投來一個鼓舞的眼色，沈傲抖擻精神，洗了牌，這一把牌，高氏的牌不錯，手頭恰有三百文、四百文、五百文，另有一張一萬貫、兩萬貫、三萬貫，最後兩張是二十萬貫、四十萬貫，她嘴角展露出一絲笑容，只消等一張三十萬貫，這一副牌就穩贏了。

高氏不屑地看了沈傲一眼，見沈傲眉頭深蹙，便知道他沒有拿到好牌，心裏越發得意。

接著又抓了一張牌，是個七文，高氏嘴角微不可察的輕輕一撇，將七文打出去，一心一意地要抓住那張三十萬貫。

幾圈下來，高氏頗有些不耐煩了，換了往日，這牌早就摸出來了，至不濟，沈傲這個上家也該出了一張，可是左等右等，連個萬貫的牌都沒有，高氏已經有些焦躁了。

其實她哪裡知道，從她方才出的幾張牌，沈傲就已算出，她要的應當是個萬貫，至於到底是幾萬貫，倘且還不清楚，因此手裏頭雖然萬貫多，卻寧願拆了牌，也不打出來。

高氏越打越是心焦，明明是副好牌，卻是要功虧一簣，待她下一把抓了一個九文錢時，乾脆將二十萬貫打了出去，她是打算換換手氣，將那副萬貫的連牌拆了。

誰知她的牌兒一拆，就已後悔不及了，沈傲竟是連續打出三四個萬貫來，氣得她臉色青紫，等她湊九文的連貫時，沈傲卻又一個文牌都不出。

正在高氏心煩意亂的當口，沈傲將牌一放，笑吟吟地道：

「九連貫，太皇太后，學生好像贏了。」

高氏板著臉去看沈傲的牌，見沈傲果然是從一貫到九貫的連牌擺出來，又氣又惱，卻又不好發作，將頭上的金釵取下來放下，接著站起便走，臨行時，對扶她來的老太監道：「去，取了兩萬貫給他們。」隨即快步走了。

欽慈太后大喜，誇獎沈傲幾句，原本在她心裏，沈傲不過是個合格的牌友，如今掙了這麼大的臉面回來，便左右看他都順眼得很，叫人賞了些東西，才肯放他回去。

打了一上午的牌，沈傲有些累了，懷揣著金釵、錢鈔出了後宮，剛剛到了前殿，迎面就撞到楊戩過來，楊戩遠遠看到沈傲，加緊了步子，嘴上道：

「沈傲，陛下在尋你呢，原來你在這裏。」

沈傲笑哈哈地給楊戩行了個禮，道：「和太后她們打了幾局牌，岳父大人也是知道的，我是第一次打牌，總受人欺負。」

楊戩咯咯一笑：「咱家還不知道你?!方才太皇太后從太后寢宮裏出去了，一臉的不高興，說是輸了兩萬貫和一支金釵兒給個什麼學士，我還說這個學士是誰呢，原來是你！」楊戩頓了一下，又道：「把東西拿來吧！」

「東西，什麼東西？」沈傲心裏打了個突突。

楊戩伸出手：「金釵。」

沈傲只好將金釵拿出來，道：「岳父大人，這可是我贏來的。」

楊戩沒好氣地道：「知道是你贏回來的，你也不想想，這金釵是太皇太后的，那是你該得罪的人嗎？待會咱家替你還回去，給你說幾句好話，請她老人家息息火。太皇太后的金釵你也敢要，真是膽大包天了。」

沈傲只好將金釵給了楊戩，心裏暗暗腹誹，好不容易贏了個金釵，還要還回去，太皇太后的架子還真是大。

楊戩接了金釵，小心翼翼地收好，又伸出手道：「還有呢。」

「還有什麼？」沈傲的眼睛瞪得圓圓的。

楊戩笑嘻嘻地道：「那兩萬貫是太皇太后的體己錢。」

連錢都要沒收，沈傲大汗淋漓：「都被太后贏去了，我是一分都沒贏。」

楊戩上下打量沈傲：「你這小子，連咱家也誆騙，後宮裏的太監早就傳報咱家了，這錢，全是你贏的，一共是兩萬一千二百貫，是太皇太后身前的周安親自交給你的。」

沈傲只好掏出一遝錢鈔來，很是不情願地交給楊戩，心裏想，這岳丈是不是想黑吃黑呀？哎，今日算是白忙活一上午了，浪費了不知多少腦細胞。

楊戩拿了錢鈔，蘸了口水數了數，咯咯地冷笑道：「怎麼只有兩萬貫，還有

一千二百貫呢。」

「是啊，怎麼少了這麼多，一定是被那叫周安的傢伙私吞了，我找他要去。」沈傲義憤塡膺地捲起袖子。

楊戩嘆了口氣，道：「你就別藏著掖著了，都交出來吧，咱家這是給你去消災，把東西送回去，太皇太后有了臺階，往後就不會爲難你了。」

沈傲訕訕地笑了笑，只好道：「我找找我身上還有沒有。」往身上一摸，摸出十二張百貫的錢鈔來，很是驚訝地道：「咦，怎麼身上還有這麼多錢，真是奇怪。」

楊戩收了錢，板著臉道：「走，先隨咱家去見皇上。」

沈傲跟著楊戩到了文景閣，閣裏的趙佶正看著一本古書出神，沈傲進來也渾然不覺，沈傲小心走過去，見趙佶看的正是那本《畫雲臺山記》。

《畫雲臺山記》是顧愷之的畫論，講述了一些作畫的精要，是顧愷之留存下來爲數不多的真跡，彌足珍貴；沈傲在後世，看的也不過是抄本而已。

趙佶一臉肉痛地抬眸，嘆了口氣，道：「好好的一本書，卻要送出去，朕真的捨不得。」

沈傲道：「陛下打算將這書送給清河郡主？」

趙佶這才發現沈傲的存在，患得患失地點點頭：「不送又如何，這一對父女，朕可是惹不起他們，將畫論送去，讓他們消停幾日，在母后面前也有個交代。沈傲，你坐下說話。」

沈傲坐下。

趙佶正色道：「這一次，朕打算讓你做國使，出使遼國，讓禮部迎客主事吳文彩做你的副手，只是這國書還需仔細斟酌一二，沈傲，你可有什麼建議？」

沈傲想了想道：「第一條，讓遼國國主稱臣。」

趙佶有些爲難的道：「宋遼一向以兄弟之國締結盟約，若是叫他們稱臣，只怕他們不肯，這事關著遼人的臉面，若是加了這一條，遼人貴族一定大力反對，就怕誤了大事。」

遼人入主關內之後，南院一向是以儒治國，多少也沾染了些漢人的習氣，叫他們稱臣，比殺了他們更加難受，趙佶已採納了聯遼的國策，便一心要與遼人締結新的盟約，以鞏固兩國的地位，共同抗金。只不過稱臣這一條，他料想遼人一定不會接受，一旦接受，對於整個遼國震動極大，極有可能產生不好的效果。

沈傲笑呵呵地道：「陛下，既是談判，那就是漫天要價，落地還錢，我們將這一條加上，遼人一定會對這一條拼死抗爭，對之後的條款難免產生疏忽，到時候，我們用第一條來逼迫遼人接受其他的條款，也就容易多了。」

趙佶不由地大笑起來，頓時明白沈傲的詭計，第一條只是個吸引火力的幌子，拿來嚇遼人的，遼人一看，稱臣？稱你個大頭鬼啊，這可事關整個遼國的體面，於是把所有的心思，都用來和沈傲爭第一條了，到時候，沈傲再滿不情願的將第一條刪去，作出了這麼大的「讓步」，遼人難道不要表示表示，乖乖地在其他條款上退步嗎？

「你說得對，這一條要加上，遼人欺負了咱們大宋這麼多年，先嚇嚇他們。」趙佶有一種胸中陰霾一掃而空的暢快之感，哈哈大笑幾聲，道：「之後呢？」

沈傲道：「第一條是稱臣，第二條就是叫遼國奉還燕雲十六州，燕雲十六州是遼人眼下的根本，他們當然不會肯還，不過我們先提出要十六州，獅子大開了口，再和遼人討價還價，至少也要拿回幾個州回來。」

趙佶頷首點頭：「你說得不錯，拿回幾個州來。」

他心情頗有激動，當年太祖皇帝在的時候，連一塊彈丸之地都不能從遼人手裏取回，今日就是拿回了幾個州，也足夠他留下個開疆擴土的美名，青史留名誰不喜歡，更何況還是唾手得來的。

沈傲又七七八八地提出許多條件，譬如每年貢獻多少匹戰馬，派出王子走人質之類都是老一套，只不過從前多是遼國獅子大開口，今日是宋人揚眉吐氣。

趙佶大悅，道：「好，朕立即叫禮部撰寫國書，你先回去，隨時準備聽旨意吧，沈傲，朕的聯遼之事，全部拜託你了，拿出你那股不肯吃虧的精神，給遼人一點厲害看看。」

換作是平時，趙佶哪裡會說這種市井潑皮的無賴話，只是和沈傲相處久了，被他傳染了幾分不肯吃虧的氣質，一句話說出來，心裏暢快無比。

沈傲正色道：「微臣遵旨，一定不辱使命。」

與趙佶商討了一個時辰，沈傲回府等待旨意，這幾日總算閒下來，他的精神也鬆懈下來。

汴京的天氣漸漸冷了，清早起來，沿路的屋簷結著冰霜，呼吸之間帶著騰騰水霧，轉眼到了十月，沈傲趁著空閒去了周府一趟，又去見了唐嚴，一路拜訪下來，總算安生了不少，回到家中要嘛讀讀書，要嘛與幾位夫人出去逛逛。

讀書是沈傲平素的習慣，從前只是將讀書拿來做敲門磚，可是敲了太久的門，一天不敲一下反而不舒服了，如今雖是不再需要去讀書作文，可是積習難改，實在拿自己沒有辦法。

偶爾那耶律定會來拜訪一下，又是要請沈傲吃飯，又是要帶他去娛樂場所，沈傲是讀書人，當然嚴詞拒絕，家裏三個女人都快應付不來了，怎麼還能天天出去搞腐敗，實在是豈有此理。

沈傲義正言辭地對耶律定道：

「天地有正氣，雜然賦流形，沈某是讀書人，豈能去那種亂七八糟的地方，耶律兄不必再多言了，沈某人寧願去宮裏做太監，也絕不進那種汙穢場所，不過耶律兄的好意，沈某人豈能推辭，若是耶律兄有心，就折現吧，隨便給幾個錢，權當是耶律兄的心意。」

於是，當天夜裏，一個遼人又神秘兮兮地進了沈府，悄悄帶來了百張百貫的錢引。

哎，腐敗一下居然要一萬貫，看來這年頭真是物價飛漲啊，沈傲暗暗搖頭，滿肚子憂國憂民，負著手，趁著夜色，往蓁蓁的廂房裏鑽。

第一三七章
出將入相

若是這一次出使圓滿成功，能夠給大宋帶來實實在在的好處，
飛黃騰達這四個字絕對一點也不誇張，
皇帝本就一心要提拔自己，朝中又無人有理由反對，士林的讚譽又不絕於耳，
出將入相，也只是時間問題。

搞腐敗沈傲不在行，可是喝酒卻是在行的，聽說沈傲回了汴京，一些同窗故舊少不得請他喝酒，仍是入仙酒樓，只是這一次是沈傲這個土財主請客，錢是用來花的，該花時，他一點都不客氣，雖說安燕不收他的錢，最終還是沒有拗過沈傲。

其實安燕也想和沈傲客氣，可是客氣不起啊，隔三差五就是十幾二十個人來，叫的都是最好的酒菜，若是這般地免費吃喝，不出幾個月，入仙酒樓非要倒閉不可。

到了十月初九這一日，沈傲剛剛醒來，就聽門房上氣不接下氣地來報：

「聖旨來了，有聖旨……」

沈家上下不比別人，碰到沈傲這種三不五時不接一道聖旨便渾身發癢的傢伙，倒不至於一聽來了聖旨就亢奮，亢奮的勁頭早過去了，如今就是個小小門房，回稟時也是風輕雲淡的，哼，聖旨？爺都見過六七回了，有什麼好稀罕的。

沈傲從床榻上起來，蓁蓁立即披了衣衫去給沈傲尋了公服、玉帶、翅帽來，一番收拾，總算有了模樣，興沖沖地出了門。

香案這些迎接必備的物事都是現成的，前來宣旨的是個內省的太監，這人沈傲認識，算是楊戩身後的小跟班，與他用眼神打了招呼，太監板著臉孔道：

「聖旨！」

府裏但凡隨來的人紛紛跪下，太監扯著嗓子道：

「制曰：敕書畫院侍讀學士、仁和縣縣尉沈傲爲鴻臚寺禮賓院主簿，即日欽命啓程遼都，宣化撫鄰……」

鴻臚寺禮賓院主簿……

雖說只是代職，可是這飛升的速度，只怕一點都不比高俅要低了，從小小八品職事官一躍成爲鴻臚寺下設禮賓院的主官，這可是堂堂正正的五品正職。

至於這鴻臚寺，許多職責與禮部相同，兩個都屬於平級機構，鴻臚寺下設禮賓院和懷遠驛兩個機構，這兩個機構雖然是同級，可是重要性卻是千差萬別。

比如禮賓院，它主掌回鶻、吐蕃、黨項、契丹等國朝貢出使及互市翻譯等事。而懷遠驛掌管的是南蕃交州、西蕃龜茲、大食、于闐、甘、沙、宗哥等國貢奉之事。表面上，兩個機構一人管一邊，相互之間也不統屬，可是當時的宋廷，干係最大的就是和西夏黨項人、遼國契丹人、吐蕃人打交道，至於什麼交州、龜茲、大食之類加起來也比不過契丹一個手指頭。

因此，對於鴻臚寺來說，權力最大、職責最重，好處最多，死的最快的就是禮賓院裏公幹，好處多，在於只要你真能幹出點政績，上升的管道往往比別人快得多，只要能把北方的蠻子們忽悠全了，就是天下的功勞。

死得最快也能夠理解，你若是不能忽悠黨項、契丹，人家要是尋了藉口來滋事，讓朝廷吃了虧，這黑鍋當然你來背，洗乾淨屁股準備完蛋吧。

反觀那懷遠驛，由於都是和交州之類的小國，還有一些遠得沒邊的國家打交道，所以大家都不會注意到你，你糊弄到了也別想升遷，沒糊弄到，也不至於中旨下來申飭，反正朝廷裏頭可有可無，誰也沒興致放在你身上，基本上進了這裏，差不多就等於進養老院了，領一份薪水等死就是。

沈傲接了旨，心裏大是感慨，要請太監進裏頭坐坐喝幾口茶水。這太監倒也上道，連忙應了，說了幾句恭喜的話。

等二人在正廳分別坐下，太監正色道：「沈主簿即將出使，楊公公已經交代下來，讓咱家代爲囑咐。」

沈傲道：「公公請說。」

太監嘿嘿一笑，道：「楊公公說，這禮賓院是有千萬雙眼睛看著的，更何況是眼下這風口浪尖上，所以沈主簿此去，一定要爲咱們大宋爭些臉面回來。能爭回臉面，沈主簿回到汴京立即飛黃騰達，到時候還有恩旨。可若是出了岔子，那彈劾的奏疏只怕要淹沒文景閣了，到時候莫說是楊公公，就是陛下也保不住你，你明白嗎？」

沈傲頷首點頭，現在的情況確實非比尋常，此次出使，干係著大宋國運，原本反對聯遼的人就是不少，眼下若不是趙佶鼎立支持，這項國策絕不可能實施的如此順利。

可是另一方面，雖然朝中的反對勢力偃旗息鼓，卻並不代表他們就此認輸，他們在等，若是沈傲喪權辱國，到時再群起而攻之，真到了那個時候，非但朝中有非議，就是在士林之中，也會掀起驚濤駭浪，皇帝不可能冒著天下之大不韙來保全自己。

這就是爲什麼朝中再無非議，一切的爭議突然之間消失不見的真正原因，沈傲聽了楊戩的提醒，也頓時醒悟，心裏想，難怪這京城最近風平浪靜，連那伐遼的幾個骨幹都突然不作聲了，原來是想看自己笑話，到時候再落井下石。

沈傲不以爲然地撇撇嘴，從另一方面來說，若是這一次出使圓滿成功，能夠給大宋帶來實實在在的好處，飛黃騰達這四個字絕對一點也不誇張，皇帝本就一心要提拔自己，朝中又無人有理由反對，士林的讚譽又不絕於耳，出將入相，也只是時間問題。

「凡事有大弊就有大利，這個風險值得一冒，」沈傲請太監喝了茶，隨即道：「回去轉告岳父大人，就說他的話我知道了。」

太監頷首點頭，隨即告辭出去。

沈傲將他送到門口，陡然想起上一次遭遇刺客的事，今次出使，只怕一些人難以理解，到時候再有人刺殺，那可真不好辦了。

想著，沈傲連忙拉著太監問：「既是出使，官家會不會派點保鏢什麼的隨行，一路上也有個照應不是。」

這太監嘻嘻笑道：「沈主簿難道不知道，使節出使，可配禁軍三十人，一路隨行保護。這可是份好差事，只要路上不出差錯，便是大功一件，若是沈主簿這次立下大功，他們也能沾些光，因此，眼下殿前司、步軍司、馬軍司的長官們都在四處活動呢，都想好生伺候著沈主簿。」

沈傲靈機一動，道：「挑人的事是誰來選的？」

太監想了想道：「按理說，應當是鴻臚寺寺卿和三衙商量著辦，不過這種事，嘿嘿……」他深望沈傲一眼，一副你懂得的表情。

沈傲明白了，表面上是鴻臚寺和三衙決定，可是只要大人物干涉，誰敢不賣面子，說來說去，這汴京城裏的勳貴們都趕著往裏頭塞人呢。

沈傲笑嘻嘻地對太監道：「再麻煩公公一件事，你回宮之後，給我岳父傳一句話，就問這禁軍的人選能不能添上周恆、鄧龍這些人進去，這些都是我的朋友和兄弟，一路上也有個照應是不是？」

太監頷首點頭：「有楊公公出馬，莫說只是兩個人選，就是十個八個也不成問題，沈主簿留步，不要再送了。」

沈傲站在長街上發了會呆，心裏想，不行，得先去尋鄧龍和周恆說一說，這事得讓他們預先有個準備，另外再看看他們有什麼人選可以推薦。

切，原來所謂隨行的禁軍，全都是走後門的，十有八九都是一群廢物，天啊，我是去出使啊，萬一遇到了危險，是我去保護他們，還是讓他們保護我？

鄧龍和周恆在殿前司知根知底，好歹知道哪個有些本事，總要帶幾個厲害些的人物去才行。

去尋了周恆、鄧龍，將出使的事相告，周恆的反應倒是不大，反倒是鄧龍，眼睛都冒綠光了。

對沈傲這個主簿來說，出使是要承擔風險的，可是對於隨行的禁軍，幾乎是穩賺不賠的買賣，他們的使命就是保護官員，只要中途不出差錯，就是功勞，所以禁軍鍍金的機會大多只有三種，一種是入宮當差，而且最好是隨行的那種，否則你站在哪個皇城根上，誰認識你？

第二種是隨太監去外頭辦事，這是一次巴結的機會，只要腦子靈，腿腳活，好處大大的有。出使是最穩當的，這叫宣示國威，畢竟代表的是朝廷，一言一行，只要端莊體面，不出亂子，回京之後，官升一級幾乎成了定制。

沈傲要尋武藝高強的禁軍，鄧龍立即寫出一份名單出來遞給沈傲，喜滋滋地道：

「殿前司裏能打幾個拳腳的禁軍都在這裏，不過，沈主簿千萬不要和人說這是我推薦的。」

沈傲知道他怕這件事傳揚出去，那些他沒有推薦的人一定怪他不仗義，頷首應下，立即趕去楊府，將名單留下，叫楊府主事送到楊戩那兒去。

此番出使，坊間已經議論開了，尤其是士林，不但國子監、太學如此，就是邃雅山房等讀書人聚集的地方也都爭論不休。

其實這種爭議是不可避免的，沈傲的國策有的人能夠理解，有的人卻是堅決反對，爲了這個，《邃雅周刊》在沈傲的授意下，開始宣傳一些金遼之戰的內容，內容都是從遼人那裏打聽來的，絕不誇張，卻足夠聳人聽聞，數萬金軍趕著數十萬遼軍如驅羊一般揚刀殺戮，不可一世的遼軍竟是毫無還手之力；東京道黃龍府一戰，遼軍大敗，十萬大軍一洩千里，死傷萬人。遼陽府被七千金軍突襲，五萬守軍無力抵擋，全軍覆沒。隨即金軍攻打寧州、豫州、慶州，數十萬遼軍大敗，臨璜府一戰，遼軍不戰自潰。

這一樁樁戰事，聽起來聳人聽聞，在宋人心目中，遼人不啻是強大的存在，何以遇到了金軍，卻從老虎變成了綿羊。有了這些宣傳，沈傲聯遼抗金的提議，終於獲得了不少人的支持。

如今輿論已經鼓動得差不多了，耶律定那邊派人來商議啓程之事，沈傲倒是並無異議，只是說全憑耶律定安排，他是打定了主意吃大戶的，一路上吃喝玩樂自然是耶律定開銷，權當是去公費旅遊。

耶律定那邊有了主張，又派人通知了日期，沈傲則是三天兩次地被召入宮中，與趙佶密商。

如今成了禮賓院主簿，沈傲的公服煥然一新，有了穿戴緋衣銀魚的資格，而且還是專門訂製的職事官公服，很有幾分威儀；只是戴著的翅帽有點大了，與腦袋不太相稱，有時進後宮去和太后打葉子牌，還遭到了太后的取笑，說他是沐猴而冠。

一直到了十月二十，天氣更加冷了，汴京的冬天來得早，沈傲清早推開窗，一夜之間，樹木、房屋悄然的罩上了一層厚厚的雪，這座古老都城瞬時變成了粉妝玉砌的世界。

落光了葉子的柳樹上，掛滿了毛茸茸、亮晶晶的銀條；後園裏冬夏常青的松樹和柏樹，堆滿了蓬鬆鬆、沉甸甸的雪球。一陣風吹來，樹枝輕輕地搖晃，銀條兒和雪球兒簌簌地落下來，玉屑似的雪末兒隨風飄揚，映著清晨的陽光，顯出一道道五光十色的彩虹。

沈傲皺了皺眉，今日就是出行的日子，這個時候雪花飛揚，道路只怕不好走。

不忍吵醒房中的周若，沈傲踩著積雪咯吱咯吱地到了前院，劉勝已經將一應的東西

都準備妥貼了，周恆、鄧龍帶著禁軍早在門房外等候，耶律定那邊也傳來了消息，在汴京東城集合。

沈傲嘆了口氣，不捨地看了後園的方向一眼，不知夫人們醒來了沒有，沈傲知道，她們就算醒來，也不會來相送的，連沈傲都受不得離別之苦，更何況是她們。

鑽入馬車，車廂裏倒是暖和極了，這是禮賓院送來的，裏頭鋪了狐裘，還有一隻精緻小巧的護手爐熱騰騰的冒著熱氣，沈傲仰躺在車廂裏，對車夫和外頭紛紛上馬的禁軍道：「出發！」

馬車滾動，不久就到了東城，耶律定帶著數十個遼人等候多時，這些遼人平時都穿著漢人的裝束，可是一到了雪天，立即恢復了契丹人民族特色，戴著尖尖的皮裘帽子，披著厚重的裘衣，踩著加了雙層皮底的棉鞋，腰間挎著彎刀，全身密不透風，只有一雙黯然的眼神閃露出來。

耶律定說有事要和沈傲說，因此坐上了沈傲的馬車，很是沮喪地道：「昨夜傳來的戰報，金軍攻打錦州、宜州，我軍大敗，已退入關中。」

錦州、宜州乃是長城外遼軍抵禦金人最重要的據點，如今失守，那麼遼人只能依憑長城各關隘進行抵禦，也即是說，遼人已經到了無路可退的地步，一旦長城某個關隘被金軍突破，長驅直入的金軍沒有誰可以抵擋。這份戰報，不啻於讓北方的戰事更加雪上加霜。

沈傲笑了笑，抱著暖手爐道：「耶律兄怎麼看？」

耶律定嘆了口氣，看著車窗外的雪景，黯然道：「國破家亡，契丹人已經沒有了退路。」他回眸看了沈傲一眼，眼眸如刀，道：「大宋現在也沒有退路了，脣亡齒寒，大遼與大宋只能休戚與共。」

沈傲打了個哈哈，笑道：「耶律兄言重了。」說罷，遂不再去理他，脣亡齒寒是一回事，想叫大宋在談判中作出退步又是另外一回事，這耶律定倒是很懂得臨場發揮，他們丟了錦州、宜州這兩個重要城塞，難道還想大宋出兵相助？

耶律定見沈傲一副不以爲意的模樣，忍不住有些失望，試探地問：「不知貴國國書都寫了什麼，沈學士能否告知，好讓我們有所準備。」

這個耶律定，還真當沈傲是雛兒，不到最後時刻，沈傲當然不會亮出自己的底牌，真以爲給自己折現了就能從沈傲口中套出話來，誰知沈傲一向是個收錢不辦事的傢伙。

沈傲面色一緊，正色道：「耶律兄，這國書嘛，其實我也沒看，你是知道的，這些繁文縟節，我是絕不過問，國書都在吳文彩吳主事那兒收藏著，耶律兄要問，但可問他去。」

耶律定見這傢伙油鹽不進，很是失望地點點頭，勉強笑道：「那就不爲難沈學士

了。」

使隊穿過河北西路，經保州過境，前方便是淶水關，這裏已到了遼國的國境，遼人在這裏設立關卡，與接壤的安肅軍對峙，就在十幾年前，這裏還是摩擦不斷的地方，可是如今，那雪原上大雪紛紛揚揚，兩國就此罷兵，再沒有絲毫衝突，關隘上的遼將將人迎入關中，設宴款待。

只不過這個宴會，明顯是爲耶律定接風洗塵的，這遼將耶律昭德和契丹宗室八輩子前還是親戚，當然，爺爺的爺爺還在的時候，就和契丹宗室沒有干係了。

這人長得很有契丹特色，外表粗獷，戴著氈皮軍帽，身上不著鎧甲，是一件隱約可見虎紋的皮裘，見了沈傲，只鼻尖微微一哼，便全心全意去巴結耶律定了。

赴宴的眾人少不得許多關中的將佐，沈傲這邊的人也來齊了，除了沈傲和吳文彩，連帶著禁軍也來了。

吃喝一通，幾個醉醺醺的遼人就開始不安分了，嘰哩呱啦的又是搥桌，又是怒罵，他們說的是契丹話，沈傲和周恆等人並不知道說什麼，只是吳文彩的臉色有些不好看，上首的耶律定此刻卻無動於衷，只是拉沈傲去喝酒。

過了一會兒，有個契丹將佐騰地站起來，一腳踢翻了桌案，用夾生的漢話道：「漢人為什麼個個都瘦得像小雞仔一樣……」
此話一出，遼人哄堂大笑。
這些契丹人衛戍在大宋疆界，從前屢屢與宋軍衝突，一向勝的多，敗的少，這些契丹人驕橫慣了，此時見漢人成了座上賓，心中不平倒並不意外。
沈傲只是低頭喝酒，對這契丹人所說的話不以為意，惹事的人他見得多了，不過，沈傲用眼角掃視耶律定一眼，耶律定一副醉醺醺的樣子，趴伏在了桌案上。
耶律定不是個蠢蛋，也絕不是真醉，他這般縱容，無非是到了他的地頭，要給自己一個下馬威罷了。軟的不行，就來硬的。
幾個禁軍騰地站起來，酒氣上湧，又哪裡受得了契丹人這般挑釁，一雙雙虎目已狠狠地落在那罵人的契丹人身上，按住了腰間的刀柄，就等沈傲一聲令下。
沈傲咳嗽一聲，怒視著周恆等人道：「你們這是要做什麼？契丹人酒力不勝，才幾碗小酒就醉得滿口胡話，難道你們也是酒力不勝嗎？都快坐下。」
周恆和鄧龍幾個只好坐下。耶律昭德卻是坐不住了，拍案而起，道：「宋使這是什麼話，莫非是說我們契丹的英雄比不過你們漢人的酒量嗎？」
在契丹人的眼裏，酒量和力量都是一個男人的證明，原本契丹人還想裝瘋賣傻，侮辱沈傲等人一通，給他來個下馬威，讓沈傲知道，契丹人也決計不是好欺負的，誰知沈傲雲淡風輕的一句話，非但沒有讓他們對沈傲有下馬威的威懾，反倒覺得受人輕視。

沈傲撇撇嘴，不去理會他，只是看著耶律昭德的眼眸帶著明顯的輕蔑。

耶律昭德怒火更熾，朝左右使了個眼色，道：「我要向宋使討教一二，宋使可敢與我拼酒嗎？」他的臉脹得通紅，殺氣騰騰地看著沈傲。

沈傲恬然一笑：「不比，我好端端的和你比什麼酒，喝酒重在品味，拿去做比拼的工具，就落了下乘，將軍看來還要多讀讀書啊，不讀書，就不知道禮貌，不懂禮貌，和禽獸有什麼分別？」

和沈傲鬥嘴，耶律昭德算是撞到槍眼上去了，偏偏這是國使，他嘴巴再怎麼說，耶律昭德也不敢動他分毫。

耶律昭德氣得吹鬍子瞪眼，冷笑道：「連酒都不敢比，還敢口出狂言，哼……」

沈傲笑道：「也不是不可以比，只是我堂堂國使，憑什麼和你一個衛戍邊關的小將鬥酒，說來說去，是將軍不配。況且既然要比，自然要有彩頭，不過將軍這副寒酸模樣，哎……」嘆了口氣，一副很爲他不值的樣子。

沈傲一語道破，笑容可掬，眼中滿是蔑視之色。

耶律昭德被一陣數落，又羞又急，沈傲方才說得其實並沒有錯，鬥酒，他不配！

帳中遼將一時肅然，沈傲冷若寒霜的掃視帳中一眼，滿是輕視，自顧自的舉杯滿飲一口烈酒，長身而起，道：「明日還要趕路，都去歇了。」氣定神閒的踱步出去。

吳文彩、周恆等人放下酒盞，立即尾隨出去。

油燈撲簌搖曳，屋中鴉雀無聲，外頭飄蕩著霏霏細雪，冷風呼嘯，夜到深處，生出恐怖的嗚嗚作響。

耶律昭德大喝一聲，重重的用肉掌擊在酒案上，狠狠道：「哼，宋使欺人太甚。」

方才臥醉的耶律定突然清醒過來，嘴角帶著不易察覺的微笑，伸了個懶腰，渾身的骨頭都要酥軟下來，道：「昭德，不要胡鬧，這個沈傲，看來並不簡單。」

耶律昭德揮退眾人，黯淡燭火中，一雙睿智的眼眸閃爍著光芒，耶律定嘆了口氣，道：「南京那邊有什麼消息？」

耶律昭德畢恭畢敬的道：「陛下最近頒發了一道旨意，要在南京擇選妃子。」

耶律定並不覺得意外，嘴角微微揚起一絲笑容，如刀鋒般尖銳冷漠的冷笑，他漫不經心的道：「都到了這個時候，皇兄還有心思爲自己擇妃嗎？」

耶律昭德眼睛要迸出火來：「我大遼國運社稷，只能寄託殿下身上了，只是不知殿下的計畫進行的如何？」

耶律定淡笑道：「不出一個月，皇兄必死，只要宋使隨我到了南京，將這殺君之名栽在他的身上，一切就能稱心如意了。」

他很是悵然的嘆口氣，幽幽道：「父皇荒淫，皇兄無道，要整頓山河，唯有兵行險著了。耶律昭德，你是我最信任的家臣，此番我懇請陛下讓你來做這關隘的守將，你知道是爲什麼嗎？」

耶律昭德肅然道：「昭德日夜謹記殿下教誨，一旦殿下的計畫成功，昭德立即要求宋人另行遣使談判，此外，封鎖關隘，若有耶律大石的探子南下，一定教他們有來無回。」

「好，你沒有忘記就好。」耶律定誠摯的拍了拍他的肩，讓耶律昭德受寵若驚，頭埋得更深。

耶律定站起來，推開窗去看黑夜中的雪花飄絮飛揚，眼眸面向黑暗，輕輕一眨，猶如黑夜中的狐狸一般，閃爍著詭異光澤。

他突然道：「其實皇兄也並非完全沒有戒備，此番他遣我南下，其實就是害怕我，不過他卻不知道，在他的身邊，我已經安排了一切，只要計畫得以施展，就立即以刺殺遼國皇帝的罪名拿捕沈傲，待我即位爲大遼皇帝，再拿他作爲要脅，和宋人談判。據說這個沈傲在汴京極有影響，內宮、朝野都有他的人爲他奔走，拿住了他，宋國國主早晚會就範的，到時宋遼盟約仍舊可以締結，我們還可以佔據幾分主動，從宋人手裏多撈幾分利益，只是這個沈傲，卻也不是這般好對付的，還是謹慎爲上。」

他緊緊握住窗臺，窗臺已結了一層冰霜，這種澈骨的寒意鑽入他的手心，帶來一股痛苦的暢快，他重重冷哼：

「一切，都將在半月之後揭出分曉！」

沈傲睡了一個好覺，從臥房裏出來，吳文彩比他起得更早，已經招呼人準備出關繼續北上了，沈傲打了個哈欠，與周恆幾個打了招呼，去喝了一碗稀粥，出了一身的汗，體內的寒氣一掃而光。

今日的天氣好極了，冰雪融化，太陽初升，雖是冷風獵獵作響，被這久違的陽光一照，整個人都忍不住心情大好起來。

耶律定已招呼了隨從做好了準備，走過來笑呵呵的向沈傲問好：「沈學士昨夜睡得好嗎？」

沈傲翻身上了馬，道：「好得很，可惜耶律兄醉得太早，否則我還要和你多喝幾杯。」

耶律定笑了笑，看著騎在馬上拉住韁繩的沈傲正安撫著座下的馬，問：「怎麼？今日沈學士打算騎馬？」

沈傲笑嘻嘻的道：「坐在車廂裏人都要散架了，趁著今日天氣好，不如沿途觀賞觀賞風景。」

耶律定報之以笑容道：「既然沈學士有這般興致，那麼鄙人與沈學士騎馬並行如何？」

二人領著一干眾人並馬而行，耶律定真摯的道：

「沈學士，昨日的事我也是今早才知道，昭德將軍實在太放肆了，竟如此慢待我大遼尊貴的客人，等我到了南京，一定在陛下面前奏他一本。」

沈傲隨著坐馬的走動控制著身體的節奏，淡淡然道：「這就不必，我和他一般見識做什麼？」

這一路上，耶律定對沈傲百般巴結，途經涿州、宛平進入南京。

南京是遼國五都之一，耶律淳在這裏被耶律大石等人擁戴爲帝，此時已成了遼國的政治中心，這裏比不得汴京繁華，皚皚白雪之中，無數殘兵敗將垂喪著頭，執著兵刃在城外遊弋，分外蕭條。城內已是十室九空，據說許多人已經南逃了，經歷了數次大敗，誰也不相信契丹人還有繼續堅守的本錢。

沈傲在城郭之下眺望，心裏忍不住想，南京距離前線尚遠，都是這般地步，由此可見，遼國的敗亡若是不能打一劑強心針，只怕很難挽回。

眾人進了城，街道上行人寥寥，沈傲被安頓到萬國館中安住，只是從前熱鬧非凡的萬國館已是冷冷清清，竟是連使節也難尋到一個，落水的鳳凰不如雞，這就是契丹人面臨的真實寫照，從前在這裏，金人、回鶻、西夏的使節熙熙攘攘，到如今，誰也不願意再和他們有什麼關聯了，就是西域的商人也不常來，萬業蕭條，整座城市一到夜裏空蕩死寂。

到了萬國館，沈傲安頓之後，立即呼呼大睡，勞頓了這些天，一路遠行，本就沒有睡過多少安生覺，便是那吳文彩來商討交換國書之事，他也直接婉拒了，只是笑吟吟的道：「不急，不急，時間有的是。」

他這般的態度，讓吳文彩無可奈何，沈傲是正使，他說不急，吳文彩又能如何。

到了第二日，外頭鬧哄哄的，沈傲被人驚醒，很是不悅，周恆匆匆來叫門，道：

「遼國耶律大石求見。」

「耶律大石？」

第一三八章
國色天香

沈傲一時陷入沉默，家裏的四個夫人，哪一個都是國色天香，
這個什麼旋闌兒的又有什麼好看的，說白了，其實只是個商品，
商品要哄抬價錢，就要用炒作去吸引人的眼球，
這和後世的明星其實是一個道理。

在出使之前，沈傲當然知道耶律大石的分量，此人也是契丹皇族，又有擁立之功，頗受耶律淳的重視，因此受命西南路都統，總管軍事，整個遼國兵權，盡皆落於他一人之手。

沈傲想了想，道：「告訴他，本主簿的身體不適，不便見客，叫他下次再來吧。」

周恆應了，下樓去轉告，樓下似有人在對話，隨即那鬧哄哄的聲音越來越遠，整個世界又清靜起來。

沈傲閉門不出，就這樣過了幾天寓公的生活，但凡來拜訪他的遼國貴族，不管是善意還是惡意，一律不見。

這傢伙一點做使節的覺悟都沒有，別的使節都巴不得天天出去活動，與貴族們打下友誼基礎。可是沈傲卻把自己當作了大爺，天王老子來了也不理，就是那遼主耶律淳請他入宮，他也撇撇嘴，叫人婉拒。

倒是其中有一次耶律定來了，沈傲叫人將他迎到房中來，與耶律定說了幾句話，耶律定也不急於去說交換國書的事，只是說了幾個南京遊樂的好去處，盛情邀請他一道去走走。

沈傲打了個哈哈，笑道：「耶律兄有心了，不過沈某人爲人高潔，那勾欄煙花之地，我是不去的。」

耶律定心知沈傲對尋常的青樓不感興趣，道：「既是邀沈學士去遊玩，當然不是尋常的勾欄青樓，鄙人先賣個關子，等沈學士隨我去了便知。」

沈傲沉思了片刻，道：「好吧，若是有閒，一定與耶律兄走一走。」

送走了耶律定，沈傲將吳文彩尋來，對吳文彩道：「吳大人有沒有發現這個耶律定有問題？」

吳文彩道：「沈學士的意思是……」

沈傲又搖了搖頭，道：「沒什麼，只是隨口說說而已，自從我們進了萬國館，我們就被人監視了。」

吳文彩顯得很是恬然，露出一點笑容道：「這也是常理之中，遼人監視我們一舉一動，並沒有什麼奇怪的。」他壓低了聲音：「其實老夫在禮部，有時也要叫人暗中保護一些貴賓的。」

沈傲哂然一笑：「若是保護也就好了，只是監視我們的，至少有兩夥人，這才是最怪異的事。」

「兩夥人？」吳文彩皺起了眉頭，捋鬚闔眼，臉色有些變了，若真如沈傲所說，這問題就嚴重了。

「不知沈學士如何得知此事？」

沈傲將窗戶推開，外頭漫著滿天的風雪，他手指了遠處的街角一個挑著貨擔的貨郎道：「這裏是萬國館，本就行人寥寥，一個貨郎卻在這裏叫賣，吳大人不覺得奇怪？」

隨即又指著遙遙相對的一個酒樓，道：「還有那酒肆，方才我們來時，這酒肆已經關門停業，門前都長出了荒草，想必店家早已逃亂去了，可是在夜裏時，我明明看到有光照出來，也就是說，這裏面還住著人，是誰會在一片荒蕪的酒樓裏沒事點蠟燭？」

他將窗戶關上，吳文彩道：「沈學士又如何猜測那酒肆中的人與街角的貨郎不是一夥的？」

沈傲笑了笑：「簡單得很，如果他們是一夥的，一定是輪替監視，那貨郎在半夜中還沒有走，這是我叫周恆出去看了的，而那酒肆裏的人夜裏也還在，他們何必要設置兩個哨崗來吸引別人的注意？須知監視這種事，是儘量越精簡越好的，人越多，就越有被人發現的可能，契丹人不會這麼蠢。唯一的可能，就是他們根本不是一夥，是受了兩個主人的命令而已。」

吳文彩心神不屬地呆坐片刻，臉色凝重地舔舔乾癟的嘴唇，沉聲道：「除了遼國人，莫非金國也派了人來監視我們？」

沈傲嘆了口氣，眼眸中倒映著窗外紛紛揚揚的大雪，搖頭道：

「金國人不會如此明目張膽，唯一的可能，就是這兩夥監視我們的人都是契丹人。

耶律大石應當不可能，他深得遼國國主信任，掌管南京防務，沒有必要做這種事；至於其他人，只怕還沒有這麼大的能力。這就讓人想不通了，不過我們也不用著急，見機行事吧。」

吳文彩苦笑道：「遼人屢屢來催促我們交換國書，沈主簿還打算繼續拖延下去嗎？」

沈傲笑道：「拖，為什麼不拖，主動權在我，越拖延，遼人的底線就越低。」

他繼續歇了幾天，遼國的敕使幾次前來宣召，沈傲只以身體不適為由斷然拒絕。沈傲的身體「不爽」，卻答應了耶律定的邀請，去南京遊樂。

二人一同坐著馬，在禁軍和扈從的簇擁下招搖過市，沿途的南京百姓極少看到宋軍的裝束，一時都是呆呆地悄悄眺望，有的竟是惋惜搖頭，眼中尚噙著淚水。

南望王師又一年，那范陽帽的記憶早已淡化在記憶之中，今日一見，看到遼人與宋使把手言歡，叫人唏噓不已。

南京又叫析津府，乃是遼人重要的政治經濟中心，在契丹未南逃時，這裏是南院大王的治所所在地，其繁華比之遼國國都臨璜府更甚，位於南京東城，遼人效仿汴京，也在這裏設立了夜市，十里涑水河畔，兩岸貴族世家聚居，華燈初下，鶯鶯燕燕便如放風

一般傳出幾聲喧鬧，只有在這裏，才能感受到幾分帶著胭脂水粉的活力，讓人全然忘了殘酷的戰事。

沈傲站在河畔，感慨萬千，看到這裏，便不由地想到了汴水，就是在那汴水河畔，他遇到了蓁蓁，放眼眺去，兩河的岸邊更是熱鬧起來，富賈雲集，青樓林立，畫舫凌波。古蹟、園林、畫舫、市街集於一身，讓人生出一種置身江南的錯覺。

沈傲與耶律定皆是穿著便裝，見了這河水，沈傲向耶律定問：「不知這河叫什麼河？」

耶律定道：「此河名叫高粱河。沈兄，這裏的繁盛比之汴河、秦淮如何？」

高粱河？沈傲興致大減，文人出行，講的是一個雅字，沈傲如今好歹也算是個頂級知青，可是聽到高粱二字，就忍不住心裏大叫：遼人果然非同凡響，連遊樂場所都取個如此樸實的名字。

二人先沿著河畔閒逛片刻，驟然天空煙花漫天，沈傲舉目望去，那煙火七彩繽紛，在半空濺射開來，將夜空照亮，霎是好看，耶律定精神一振，道：

「沈學士，隨我去個好玩的地方。」

二人一前一後，拐了幾個彎，在臨河的一處空地，遠處凜立著一座華麗的樓閣，有四層來高，彩旗飄揚，燈籠高掛，光鮮明亮，富麗堂皇，還沒走近，便可以聽見男人們的歡笑聲和女子們的嬌笑。

耶律定是這裏的常客，哈哈笑道：「這裏就是南京最知名的清樂坊了，沈學士，今日讓你見識見識我大遼的風情。」

沈傲心裏冷笑，大遼的風情？這裏自古是我大宋的領土，什麼時候成了你們契丹人的了？臉上卻是帶著笑容道：「耶律兄請吧。」

二人一前一後進去，外頭的扈從只好在外把風，初入這光亮的廳堂，熱情的老鴇扭著肥胖的身段湊到耶律定跟前大聲笑著招攬，嫵媚的眼神讓沈傲很是不適。

耶律定厭惡地揮揮手，叫那老鴇退開，一副生人勿近的作派，隨即對沈傲道：「沈學士，請上三樓。」

雖是夜幕初開，來到清樂坊的客人們可是不少，樓裏到處鶯鶯燕燕，和客人們打鬧著，白花花的胸脯和大腿閃得人眼疼。

沈傲左右打量，發現這裏的姑娘竟有不少高鼻梁、藍眼睛的西貝貨，看了牆壁上的牌子，什麼巴魯扎扎、什麼伊貝爾嚕嚕，一看這洋名，就覺得稀罕。

只不過這樣的西貝貨，價錢未免高了些，價錢是五百文一夜，這個價錢已是不低了，不過隨即一想，也就釋然，人家不遠萬里跑來奉獻貞操，難道還值不了這個價？所謂物以稀爲貴，鑲金的就是不一樣。

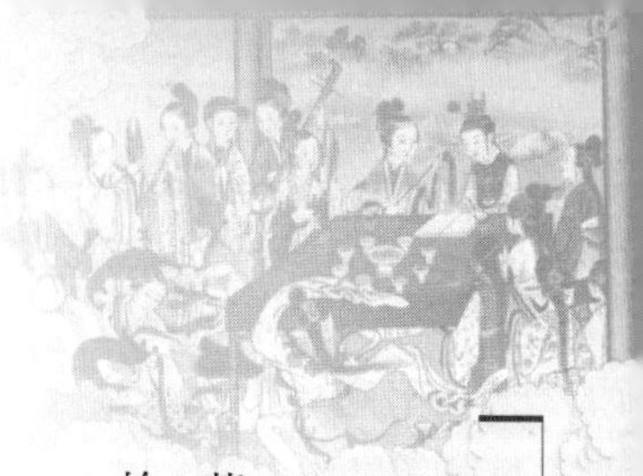

耶律定直接帶著沈傲上了三樓，三樓是個幽靜的廂房，裏三層、外三層，層層都懸著珠簾隔斷，此時已是華燈初上時分，三樓的客人越來越多，熱鬧非常，沈傲和耶律定撿了個位置坐下，沈傲心裏明白，好戲就要開場了。

看了看周遭的客人一個個按捺不住的神色，這裏面有商賈，有書生，竟還有一個和尙，這個和尙挺著大肚子，光頭刺刺，在燈光下很是嚇人，面相醜惡，有幾分金剛怒目之感。

沈傲忍不住地看著那和尙，心裏想，和尙也是人嘛，別人去得，和尙爲何去不得，他心中頗爲好奇，這麼多人聚在這裏，在等待什麼呢？

乍然之間，一陣碎步從珠簾後徐徐踱步而來，樓裏嘈雜的吵鬧聲便都停了下來，一雙雙饑渴的眼神看向珠簾之後。

珠簾靜垂下來，似是在珠簾後面擺放著一張椅子，隱隱看去，珠簾後端坐著一個美妙的身影，未見其人，未聞其聲，只這麼模糊的婀娜身姿，便讓人的感嘆之聲紛紛傳出來。

耶律定在沈傲耳畔低聲道：「這位小姐叫旋闌兒，乃是犯官的子女，精通琴棋書畫，國色天香，如今已是這清樂坊的招牌了，不知多少人夢寐以求一親芳澤，不過……哈哈……」

耶律定很曖昧的笑了起來，打了個哈哈，故意想賣個關子。

沈傲淡淡然道：「犯官，什麼犯官？」

耶律定頓了頓，道：「她父親本是我大遼右相，父皇待他恩重如山，可他竟敢裏通外國，與反賊勾結，事情敗露之後，便抄了她家，又將她編入了妓戶。」

沈傲道：「以耶律兄的地位，要她陪侍還不是手到擒來嗎？只要一句話，清樂坊還不乖乖地將人送到？何必要多此一舉，親自跑到這裏來呢？」

耶律定搖搖頭，鄭重其事地道：「沈學士可知這清樂坊背後是誰在支持？此人乃是我大遼宰相李處溫，李處溫有擁立之功，在朝中有很大的影響，與耶律大石，一個手握朝政，一個掌握兵權，都是不可小視之人，就是鄙人，見了那李處溫也不敢造次。」

李處溫？沈傲記下了這個名字，他依稀記得，自從自己到萬國館下榻，前來拜訪的遼國貴族大臣數不勝數，從耶律大石到公侯伯子，一個個爭先恐後。

這些人的心思，沈傲當然明白，國破在即，沈傲就如同是最後一根救命草，另一方面，他們也可以爲自己留一條退路，一旦金軍入關，只要巴結到了這位大宋寵臣，到時入大宋避難，至少還有個容身之地。

不過這些人中，偏偏沒有一個叫李處溫的人，按照李處溫的地位，他對自己竟無動於衷，這背後又是爲了什麼？

沈傲一時陷入沉默，什麼名妓，他是完全不在乎的，家裏的四個夫人，哪一個都是國色天香，這個什麼旋闌兒的妓女又有什麼好看的，說白了，其實只是個商品，商品要哄抬價錢，就要炒作，用炒作去吸引人的眼球，這和後世的所謂明星其實是一個道理，只是賣的方式不同罷了。

「諸位相公、公子能夠賞光捧場，闌兒感激不盡，不如就請闌兒爲大家奏上一曲，爲諸位助興如何？」珠簾之後，嬌滴滴的聲音令人酥脆的傳出來，她的聲音清亮，委婉動聽。

屋中之人紛紛拍手叫好，氣氛逐漸濃烈起來。

恰在這個時候，鄰座的和尚突然如雷一般叫了一句，引得許多人生出不快，和尚旁若無人，色迷迷地看了珠簾之後的美人一眼，道：「洒家早聽說過旋闌兒的大名，今次特從東京遠道而來，便是要給闌兒小姐送上一件禮物。」

送禮？許多人紛紛露出不屑之色，旋闌兒是什麼人，什麼樣的奇珍沒有見過，看這和尚衣衫樸素，並不見得有什麼來頭，他的禮物又有什麼稀罕的。

珠簾之後的旋闌兒似是猶豫了一下，低聲道：「敢問大師傳送的是什麼禮物？」

和尚笑哈哈笑道：「早就聽說闌兒小姐最好琴棋書畫，洒家親自潑墨，足足用了三天三夜，繪製了一幅仕女圖，還請小姐笑納。」

眾人更是不滿，這和尚算是什麼東西，畫一幅畫，就想憑此獲得旋闌兒的青睞，實在是癩蛤蟆想吃天鵝肉。

旋闌兒饒有興趣地道：「那大師傅的畫一定是極好的了。」

和尚臉上的橫肉堆起，得意地笑道：「自然，這是自然。」遂解下後腰的畫筒，將畫從畫筒裏取出，正色道：「在珠簾之後只怕看不真切，不如就請小姐移步到這裏來觀賞如何？」

珠簾之後的旋闌兒踟躕片刻，隨即淡笑道：「大師傅如此說，小女子又豈能拒絕。」說罷，便盈盈起身，旁邊的丫環掀起珠簾，一張傾國傾城的面孔便出現在眾人面前。

青絲高盤，玉面粉腮，杏眼瓊鼻，櫻桃小口，雖是一襲素衣，卻光華隱現，行走間如弱柳扶風，顧盼間美目盈盈，端得美貌無比。

她輕咬下唇，顯出幾分俏皮，更多的卻是一種不容侵犯的端莊，盈盈如水的眼波向樓內的人掃了一眼，淡淡然地走到和尚身邊，與他保持三步的距離，輕輕一福，語出溫柔地道：「請大師傅讓小女子觀畫吧。」

和尚哈哈一笑，將畫卷揚開，霎時間，所有人都驚呆了，畫中是一個女子，女子腳

踏在閣樓上，推窗去看街景，女子眼眸中閃露出一絲期待之色，猶如籠中的鳥兒，婀娜的身姿倚著窗，嘴角含笑。

最令人驚奇的是，畫中的女子與旋蘭兒竟是一模一樣，彷彿整個人飛入了畫中一般，這個和尚聲稱沒有見過旋蘭兒，可是畫中的女子何以與旋蘭兒如此相像，倒是教人深思了。

和尚大笑道：「蘭兒小姐，鄙人叫大空，早在東京時，聽友人敘述過小姐的姿色，因而憑著想像，爲蘭兒小姐作下這幅畫，不知小姐滿意嗎？」

他話音剛落，一雙眼眸熾熱騰騰地看著旋蘭兒，恨不能一口將她吞入肚中。

旋蘭兒咬唇輕笑道：「大師傅的畫，蘭兒很喜歡。」

大空顯得更加得意洋洋，道：「我聽人說，誰若是討了蘭兒姑娘的喜歡，便可成爲小姐的入幕之賓，不知這是真是假。」

大空的話頓時引得不少謾罵，紛紛道：「好一個瘋癲和尚，你既是出家人，卻還敢在這裏造次，想成爲入幕之賓，憑你也配？」

旋蘭兒微笑不答，卻彷彿置身事外一般，只是含笑地看著旁人叫罵。

沈傲在旁目睹了這旋蘭兒的絕色面容，心神也不由地蕩了蕩，可是隨即，他又哂然一笑，旋蘭兒的絕色不在蓁蓁之下沒有錯，可是這並不代表沈傲會拜倒在她的石榴裙下，美女見得多了，沈傲已有了審美疲勞，家裏的四位夫人，哪一個都是天仙，要他對一個陌生女子生出什麼異心，還真有一定的挑戰度。

這大空方才的一番話，讓沈傲提起了精神，心裏想，花魁遇到和尚，有意思，看看這旋闌兒怎麼收場。

可是隨即，沈傲發現旋闌兒不發一言，只是事不關己地微笑在旁，惹得屋中之人對大空紛紛斥責，更有甚者，還有人捲起了袖子，大有一副要將大空丟出清樂坊的架勢。

沈傲注視著旋闌兒的眼眸，那眼眸漆黑清澈，蘊含的神態卻是似笑非笑，沈傲心中一凜，想：「這個旋闌兒只怕不簡單，她這一手借力打力，倒是運用得爐火純青。」

大空哈哈大笑，臨危不懼地道：「哼，你們嚷嚷個什麼，若有本事，也畫一幅畫來，讓闌兒小姐和洒家開開眼。」

他話音剛落，立即有幾個讀書人排眾而出，要和他一爭高下，唯有旋闌兒，卻仍是似笑非笑，既不鼓勵，也不拒絕，彷彿很欣賞這許多人爲她爭鬥的一幕。

幾個讀書人紛紛揚起袖子，叫人上上文房四寶，便紛紛開始畫了，有的一氣呵成，有的踟躕舉筆不定，不知過了多少時候，總算全部畫完，和尚一個個去看畫，指著這個道：「哈哈，你畫的可是闌兒姑娘嗎？哼，闌兒姑娘這般的玉人，卻被你畫成了小家碧玉……」

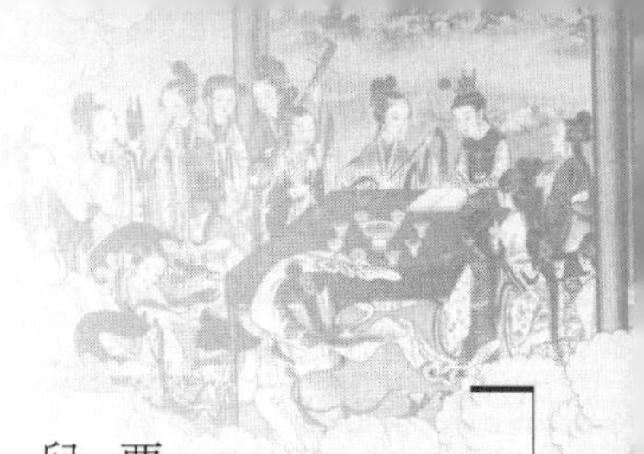

「嘖嘖，這也叫仕女圖，兄台連佈局、用筆都不能掌握，也敢來班門弄斧……」

這幾個讀書人都是基於義憤，又滿心希望獲得旋蘭兒的好感，熱血湧上來，一個個要和和尚一比高低，如今畫做完了，被這和尚一指點，頓時也覺得慚愧，偷偷去看旋蘭兒一眼，旋蘭兒卻是將美眸落向遠處的冉冉紅燭，對他們不屑一顧。

我本將心向明月，奈何明月照溝渠！大概就是這幾個書生現在的心情。

幾個書生滿是羞愧，一個個垂頭喪氣地夾著尾巴告辭走了。

大空見狀，愈發得意，朝旋蘭兒笑道：「蘭兒姑娘，我們且不管這些俗人，何不如請洒家到閨房中秉燭歡談？」

旋蘭兒蹙眉，道：「大師傅的畫技，小女子佩服之至，只是有什麼話，不可以在這裏說嗎？」

大空怒道：「我這一趟從東京來，便是要與蘭兒姑娘秉燭夜談，其他的事洒家不管！」他揑起了砂鍋大的拳頭，讓所有人皆是不由地嚇了一跳。

剎那間，旋蘭兒的眼中閃出點點淚花，微微抽搐，香肩聳動，楚楚可憐地向後退一步，道：「大師傅真會強人所難。」

她這般孤苦無依的樣子，但凡是男人都忍不住想將她摟在懷中好好安慰，耶律定雙眉一皺，正要挺身出來，卻是有人哈哈大笑道：「大和尚作出這樣的畫也敢口出狂言？

哼，我耶律珩倒要請教。」

說話之人走出來，這人穿著獸皮襖子，鬍子拉碴，頂著禿頭，捏著彎曲的鬍子正眼也不看和尚一眼，對人道：「拿筆墨來。」

耶律珩凝神定氣，用筆蘸了墨，隨即開始落筆。

他的作畫手法頗有些借鑑中亞的風格，雖用的是毛筆，下筆之後卻是細膩到了極處，一邊去看旋闌兒，時而描出她的婀娜身姿，整幅畫的佈局也縝密極了，如同層層疊疊的屋瓦，井然有序，人、景著色分明，更令人驚奇的是，自始至終，他的左手都負在後腰，只是單手作畫。

按常理，作畫本就是單手，可是對於懂行之人來說，卻並不容易，因爲作畫本就是一項較爲辛苦的事，單手去作畫，人很容易失去平衡，畫的效果就難免大打折扣，偏偏這個耶律珩，自始至終都沒有伸出另一隻手，可見是故意要向那大空和尚示威。

足足過了小半個時辰，耶律珩才呼了口氣，擱筆下去，眾人都伸頸去看，頓時讚不絕口。

耶律珩的畫比之大空佈局更加合理，也更爲細膩，那美人兒倚在窗臺前，窗臺前的景色與美人相互呼應，整幅畫似乎都鮮活起來，景色與人物的對照極爲鮮明，一邊是目露渴望的美人，一邊是絢麗繽紛的多彩世界，美人眼睛伸向遠方，似是越過了無數瓊樓花木，一直延伸到視線的盡頭。

這幅畫的感染力更強，畫裏畫外，瀰漫著一股強顏歡笑的哀愁。

耶律珩對大空微抬下巴，傲然道：「臭和尚，你還有什麼話要說？」

大空看了他的畫，心知遇到了高手，一時語塞，跺了跺腳，冷哼道：「洒家技不如人，小子，算你厲害。」說罷，轉身便走。

耶律珩朝著和尚的背影冷笑：「漢狗也不過如此。」

這一句漢狗，將原本驅走大空的歡喜一下子又換作了更多的怒意，一個讀書人道：「兄台這是什麼話，便是太宗皇帝在的時候，曾說過契丹與漢人皆爲遼國梁柱，缺一不可。太宗非但只是說說而已，還特令設立漢兒司，提拔漢人官員，設立南北院，優待讀書人……」

此人滔滔不絕地引經據典，說到遼太宗時滿是神往，耶律珩卻沒時間和他瞎掰，冷笑打斷道：「漢兒便是漢兒，你可莫要忘了，是我們契丹人統馭你們，什麼共治天下，與你有什麼干係？」

這個讀書人臉色慘白，道：「就算如此，你現在說的不是漢話，方才的畫不也是漢畫嗎？兄台方才所用的筆墨紙硯，都出自我們漢人，卻又爲何這般瞧不起漢人？」

耶律珩倨傲地道：「我用的雖是漢人的筆墨紙硯，可是在座之人中，有誰的畫比我作的更好？江山自有後來人，而今是我契丹人的天下；若是誰不服，但可和我比一比。」

他話說到這裏，那讀書人卻不好再和他糾纏了，其他人亦紛紛露出慚愧之色，耶律珩的畫作，他們深知是絕對比不過的。

耶律珩見無人敢吱聲，轉而笑呵呵地對旋闌兒道：

「闌兒姑娘，你雖是漢人，可是比起那些漢狗來卻是好了十倍百倍，漢人的男人雖然不中用，可是女人，在下卻是萬分敬重的。」

他故作瀟灑地欺身上去，臉上懸著不可一世的笑容。

正當他要抬起旋闌兒的下巴，旋闌兒作勢要躲的時候，一陣猛烈的咳嗽聲自耶律珩腦後傳出。

耶律珩怒容滿面地回頭一看，只見一個漢人書生正拼命咳嗽，最讓他不可容忍的是，這個書生咳完了，竟是對著他露出帶著一股鄙夷的冷笑。

耶律珩喝道：「又是一條漢狗。」

沈傲挺直了腰，慢吞吞地道：「是哪條契丹狗在我面前亂吠？」

第一三九章
化腐朽為神奇

那滴汗落在畫上，逐漸開始渲染開來，渲染之處，墨跡開始模糊，
沈傲一笑，提筆在汗跡上輕輕一點。
只這一點，好像有了化腐朽為神奇的功效，
汗液混合著墨水，變成了飄飄的衣裙，有些模糊，卻靈動無比。

沈傲的這句話，讓許多人都爲他擔心起來，契丹人罵漢人是常有的事，可是漢人罵契丹人卻是不多見，更何況是在狗字面前加了契丹兩個字，這豈不是上至契丹皇帝，下至契丹貴族都給他罵了？

站在沈傲一旁的耶律定眼眸一愣，隨即也閃過一絲不悅，動了動嘴，最終還是決定負手旁觀。

旋闌兒看了沈傲一眼，咦了一聲，顯然對沈傲這般的大膽有了幾分興趣，不過這興趣並沒有維持多久，清澈的眸子微微一窒，隨即恢復如初，依舊似笑非笑。

耶律珩勃然大怒道：「你好大的膽子，可知道我是誰？知道這裏是什麼地方？」

沈傲坐在桌椅上，慢吞吞地喝著桌上的茶，氣定神閒地道：「你是誰關我屁事，莫非你走丟在大街上，我還要問你的主人是誰？又爲何將你放出來亂咬人嗎？」

耶律珩氣極反笑，道：「不知死活，看你油嘴滑舌到何時。」

沈傲爭鋒相對地道：「油嘴滑舌本就是我的特長，莫非你這契丹狗不知道？不過嘛，哈哈，你們契丹眼看就要國破家亡，到現在卻還嘴硬得很。」

他伸了個懶腰，隨即又道：「恕不奉陪了，告辭。」說罷，站起來要走。

對於他來說，這樣的契丹人數不勝數，他們在金人面前顫顫作抖，可是對其統治下的漢人卻又是另一番嘴臉，他實在沒有興趣和這些人耍嘴皮子。

耶律珩大笑：「想走，沒這麼容易！你這漢狗，可敢和我一較高下嗎？」

沈傲懶洋洋地問：「不知要比較什麼？」

耶律珩負手，無比倨傲地道：「琴棋書畫是漢人發明的這沒有錯，不過我認爲，若論書畫，漢人並不比契丹人高明。」

沈傲笑了笑：「你要比書畫？」

耶律珩獰笑道：「怎麼，不敢？」

沈傲嘆了口氣，不屑地道：「還是算了吧，欺負你這種貨色，勝之不武，我沒興趣。」

換作是那個叫大空的和尚，沈傲只會作壁上觀，權當是看看熱鬧倒也罷了。可是耶律珩出來，竟是連他都罵了，再看屋內之人，不少漢人商賈、士子見了這契丹人，就如老鼠見了貓一樣，沈傲雖是不動聲色，心裏卻有幾分悲涼，所謂亡國奴，只怕就是如此。

無論變幻多少個花樣，什麼滿漢一體，中日親善，契丹與漢兒共治天下，說得如何眼花繚亂，最終還是逃不過本質，契丹人是主人，治的是漢兒。

沈傲顯然沒有在這裏做漢兒的覺悟，一番話將耶律珩氣得跳腳，臉上陰晴不定，莫看他作得一幅好畫，心胸卻難免小了一些，虎視眈眈地盯著沈傲，沉默片刻道：

「我還道你有什麼真本事，原來盡會油嘴滑舌，要滾就滾吧！」

沈傲不驚不怒地道：「這話就是你的不對了，你叫我滾，我就滾？在下在漢人之中，不過是個小小的讀書人，名不見經傳，不過論起作畫嘛，比之契丹的什麼才子、狗才要高上那麼幾分，哎，既然你要比，那就比一比好了。」

沈傲嘆了口氣，很不情願的樣子，搬了個小凳子來，對旋闌兒道：「闌兒小姐能讓學生細細看一看嗎？」

旋闌兒頗有興致地看了沈傲一眼，似是爲他的膽量折服，也急於想看看這個挺身而出的少年到底有幾分本事，酥若無骨地朝沈傲盈盈一福，道：「請公子見教。」

沈傲搬了個小凳子來，呆坐在凳上，面朝旋闌兒，一雙眼睛直勾勾地在旋闌兒身上打量。

這樣作畫的方式倒也讓人感到奇了，許多人心中暗暗腹誹，這傢伙倒是很會來事，叫他畫一畫闌兒小姐，他竟搬了個小凳子來看人家，這一看，還不打算動身了。

這些凡夫俗子自然不明白，沈傲是在爲藝術獻身，要作畫，首先要找的是感覺，有了感覺，靈感乍現，才能一揮而就，作出傳世的作品。

沈傲現在就是在找感覺，看著旋闌兒，忍不住發了一聲驚嘆：

「闌兒小姐果然是天人之姿，手如柔荑，膚如凝脂，領如蝤蠐，齒如瓠犀，螓首蛾眉。巧笑倩兮，美目盼兮。那詩經中所描述的美人，彷彿就是爲闌兒小姐詠唱的一樣。」

旋闌兒輕笑著道：「公子客氣。」

只是她這一句話並沒有引來沈傲的回答，旋闌兒這才發現，沈傲癡癡呆呆地看著自己，方才的話並不是對自己說的，不禁莞爾一笑，便覺得這個書生和別人有些不同，方才見他和耶律珩鬥嘴，全身上下都透著一股靈氣，可是現在，只是直勾勾的看著她，眼神中時而呆滯，時而清澈，再無其他。

若換了別人，沈傲這個舉動實在是輕薄無禮之極，可是旋闌兒卻是動不起怒來，因爲看到沈傲失魂落魄的樣子，反倒全然沒有讓人感到是非禮之舉。

時間一點點消逝，樓內之人皆是安靜下來，耶律珩負著手，冷眼等著沈傲作畫，旋闌兒倒是有些不自在了。

樓外的冷冽寒風嗚嗚作響，白雪飄絮，漫天而至，立即有人小心的去合上窗子，將風雪阻在室外，這個時候，沈傲突然站了起來，走到案旁去提了筆，執筆落墨，手腕輕輕舞動，筆走龍蛇，不作停留。

沈傲作畫時的神態，與方才看旋闌兒一樣，從佈局到落筆，都是雙眉微皺，眼眸中有一種清澈和渾然忘我的認真，這種認真，彷彿畫之外的任何事物都已不重要了，風雪、美人、美酒、賓客，一切都變得不重要了，只見他全神貫注的蘸著墨水，不斷的用筆鋒在紙上勾勒出一具妙曼輪廓，他的眼睛閃耀著，專注而入神，筆鋒不斷遊動，全身的肌肉彷彿都在配合這枝筆，那筆的末端變幻著各種姿態。

燈影之下，他的鬢角有些濕潤了，一滴滴汗附在毛孔之下，匯聚成一條條汗痕落到了高挺的鼻尖，晶瑩的汗水順著鼻尖滴落，這細微的變化讓旋闌兒不由啊的一聲，生怕這汗水玷汙了沈傲的落筆之處。

汗液落在畫上，沈傲這才注意起來，擦了擦汗，低頭再去看畫，那滴汗已經落在畫上，逐漸開始渲染開來，渲染之處，墨跡開始模糊，沈傲只是一笑，提筆在汗跡上輕輕一點。

只這一點，好像有了化腐朽爲神奇的功效，汗液混合著墨水，變成了飄飄的衣裙，有些模糊，卻靈動無比。

旋闌兒吁了口氣，繼續看畫，兩頰不由生出些許嫣紅，心裏想，這個書生作起畫來，倒是有一種令人著迷的氣質。

直到這個時候，旋闌兒才忍不住去打量沈傲的模樣。這個書生身高七尺，偏瘦，穿著一襲繡綠紋的紫長袍，外罩一件亮綢面的乳白色對襟襖背心。袍腳上翻，塞進腰間的白玉腰帶中，腳上穿著白鹿皮靴，方便騎馬。烏黑的頭髮在頭頂梳著整齊的髮髻，套在一個精緻的白玉髮冠之中，從玉冠兩邊垂下淡綠色絲質冠帶，在下頷繫著一個流花結。

他的膚色在燈影之下很是白皙，就像絕大部分的文人才子一樣；因爲皮膚白皙，俊美的五官看起來便分外鮮明，尤其是那一雙清澈的眸子，隱隱之間透著一股驕傲的氣息，這種發自內心的驕傲讓人忍不住多看一眼，可是再看，旋闌兒就覺得有些無禮了，連忙收斂了心神，去看沈傲的畫。

沈傲鬆了口氣，隨即將筆一放，道：「畫好了。」

耶律珩和旋闌兒都過來看畫，樓內的商賈、士子也都引頸過來，畫中一個女子遙望天邊的月兒，月兒皎潔無瑕，高懸空中，孤寂淒美，女子倚在窗前，一雙眼眸清澈落寂，整個人如要輕盈飛起，就如那即將升空奔月的嫦娥仙子，嚮往的望著月兒，眼波流轉，不喜不悲之中，那動人的身影飄逸如仙，卻有一種難言的悲戚，渲染在每一個人的心頭。

旋闌兒不由微微一嘆，道：「好一幅嫦娥奔月圖。」

沈傲正色道：「雖是嫦娥奔月，難道畫的不是闌兒小姐嗎？」

旋闌兒嬌軀微震，連忙用手絹去擦額上的細汗，來掩飾此時的心情。

耶律珩看了畫，臉色鐵青，他對畫頗爲精通，豈能不識沈傲的才幹，這幅畫單從佈

局，已和自己方才那幅畫有著天壤之別，在畫面的空間處理上，沈傲一改過去繪畫中的人大於山、水不容泛、樹木排列，如同伸臂布指那種比例失調狀況，特別是對月兒當空的佈局，既不失之真切，又有一種舉目當空對月的對照之感，整幅畫雖有亭樓、遠處有孤山輪廓爲畫添色，可是只需入目，什麼花紅草綠，什麼孤山遠景都不重要，整幅畫展示的只是一個美人和一輪空月，人與月相互映襯，景物雖多，卻是主題分明。

再看整幅畫的用筆，既有豪放，又不失之細膩，細膩之中，美人寥落的將全身的心力投向月兒，這種萬山綠水皆爲空，只對圓月生寂寞的感覺，讓人忍不住有些心酸。

表面上，這是一個人和一輪月，卻道盡了美人的心酸。耶律珩冷哼一聲，道：「漢兒果然也有高明之人，好，今日我倒是見識了，不過……」

他隨即冷笑，直勾勾地看著沈傲，道：「你方才叫我契丹狗是不是？你可知道，在我大遼，侮辱契丹人是重罪，要杖三十，充軍發配。」

眾人見了沈傲的畫，方知人外有人，山外有山，此時見耶律珩作畫比不過沈傲，卻又要借題發揮，都忍不住鄙夷起來。

旋闌兒眼眸中閃過一絲憂心，攥著汗巾，眼波兒朝沈傲眨了眨，示意他趕快離開此地。

沈傲旁若無人地呵呵一笑，道：「怎麼？你要治我的罪？」

耶律珩冷笑連連，重重冷哼一聲道：「若你是個販夫走卒，我當然不會介意，不過你方才侮辱契丹人，又有如此才幹，只怕將來難免爲禍，今日若是不除你，異日定是心腹大患。」

他突然說了一句契丹話，立即有一個隨他來的契丹漢子走過來，耶律珩對他密語幾句，這契丹人轉身走了，顯然是耶律珩叫這人去報官。

樓內之人都爲沈傲擔心起來，就是旋闌兒此刻也不由黯然，對耶律珩道：「貴客既是來這裏遊樂，又何必如此，這位公子不過說笑而已，請貴客高抬貴手，就當是看在闌兒的薄面上如何？」

耶律珩囂張大笑，毫不掩飾地盯著旋闌兒的酥胸，露骨地道：「我來遊樂倒也不錯，只是不能盡興，難免要尋別人的麻煩，莫非闌兒小姐能讓我盡興嗎？」

旋闌兒自是知道耶律珩的話意味著什麼，向後小退一步，默然無語。

沈傲呵呵一笑，坐回原位上，倒是一點也不著急的樣子，道：「好，我倒要看看，今夜誰能盡興。」他舉起茶盞，對耶律定道：「我們喝茶。」

耶律定嘆了口氣，沈傲給他的眼神告訴他，今天的事他最好不要插手，他本想勸解幾句，並悄悄地向耶律珩透露沈傲的身分，可是耶律珩那般目空一切的樣子，讓耶律定也不由大怒起來，國破家亡在即，這個宗室的不肖子孫，竟還在與人爭風吃醋，眼下正是要籠絡漢人，讓天下歸心，共抗金軍之時，這傢伙竟還一口一個漢狗，真是豈有此理。

樓內針落可聞，只有呼吸，沒有人說話，幾個膽小的商賈和讀書人已經離座告辭，剩餘的大多也只是同情地看著沈傲，爲沈傲得罪了這契丹貴族而將要被治罪暗暗不值。

耶律珩旁若無人，笑呵呵地和旋蘭兒說話，旋蘭兒哪裡還有心情，眼眸兒時不時瞥向沈傲，巴不得叫沈傲趕快離開，只是沈傲仍舊端坐不動，泰然自若地喝著茶，完全沒有處境危險的自覺。

尷尬的氣氛沒有維持多久，樓下傳來一陣喧鬧，數十個析津府差役如狼似虎般衝進來，爲首的是一個漢兒官員，穿著契丹特色的左衽皮裙，朗聲道：

「誰是耶律珩？」

耶律珩笑道：「我就是。」

這官員給耶律珩行了禮，口稱學生，眾人這才明白了耶律珩的身分，耶律珩並沒有做官，不過應當是個不大不小的貴族，耶律珩道：「勞煩你來，是讓你逮捕侮辱契丹的囚犯。」說著，朝沈傲指了指，道：「就是他，速速將他拿下。」

析津府的漢官聽到侮辱契丹四字，已是一副勃然大怒狀，立即道：「來，將這反賊拿下。」

數十個析津府的官員將要動手，連那一向似笑非笑的旋闌兒都忍不住倒吸了口涼氣，低呼一聲，盈盈的眸光看向沈傲，希望沈傲立即奪路逃走。

沈傲看向那漢官，眼眸中閃過一絲冷冽，隨即淡然一笑，因爲這個時候，一陣嘈雜的腳步聲咚咚地傳出，在清樂坊把風的數十個禁軍聽到動靜，以周恆、鄧龍爲首已破門進來。

這析津府漢官沒有想到，眼前這人竟還有幫手，頤指氣使地道：「大膽，官府拿人，竟還敢拒捕？」

沈傲淡然一笑，舉起了茶杯，道：「就是拒捕又如何？」一口將茶水飲盡，臉帶笑容地站起來，看了漢官一眼，厲喝道：

「大膽狂徒，竟敢當街拿捕我大宋國使，都說遼人恣意無禮，今日我倒是見識了，來，來，來，快來把我拿了，本使初到南京，見過青樓酒肆，倒還沒有參觀過大遼的牢房呢，這就帶我走吧。」

析津府漢官大吃一驚，道：「你……你是宋使……沈傲沈欽差……」

沈傲大喝道：「到底還拿不拿人？」

漢官冷汗淋漓，道：「拿……啊，不，不拿，大人微服私訪，我……我等這就

走。」招呼一聲，帶著差役們灰溜溜地要走。

沈傲報出了身分，樓內諸人大吃一驚，皆是打量著沈傲，心裏都想，原來他就是聞名遐邇的宋使，不成想竟這樣年輕，難怪他敢如此放肆，換作是別人，哪裡有這樣的膽子。

耶律珩方才知道沈傲的身分時，臉色瞬間一變，不由重新打量起沈傲。旋闌兒卻是咬著唇，眼眸中閃現一絲複雜之色。

沈傲高聲道：「且慢，你們說來就來，說走就走，當這裏是青樓酒肆嗎？」

周恆小心翼翼地在旁提醒道：「沈大人，這裏好像真的是青樓酒肆。」

「噢……」沈傲臉皮厚得很，面色如常，繼續道：「這個叫耶律珩的傢伙衝撞大宋欽差國使，難道就這樣算了？哼，本使帶著友誼和善意千里迢迢來到貴國，是來宣示我大宋與鄰爲善的本意，可是一個小小的契丹人，竟敢對本使極盡威脅辱罵，看來你們是不想談了，也罷，那就不談了，我立即回汴京交差去。」

漢官嚇得面如土色，連忙道：「不敢，不敢……」

「不敢什麼？你們要息事寧人，就立即嚴懲肇事凶手，給我一個交代！」

漢官一時呆住了，驚慌失措地去看耶律珩，耶律珩抿著嘴，鐵青著臉不說話。

「沈學士，這件事看在鄙人的薄面份上，就算了吧。」耶律定不知什麼時候站了出來，希望能勸解沈傲；不管怎麼說，這耶律珩如何不爭氣，也算是個宗室貴族，嚴懲他治罪，實在太傷大遼的臉面，契丹貴族也會離心離德。

沈傲不屑地看著耶律定，說翻臉就翻臉，冷笑道：

「不知耶律兄的薄面值幾個錢?回去告訴你們的正主，我大宋不是好欺負的，今日之事，決不輕易甘休，不嚴懲耶律珩，這和議也就不必談了！」

耶律定一時愕然，想不到這傢伙突然發難，竟是選擇這個時機，臉色又青又白，當著眾人的面，駁了他的面子，實在讓他難堪，他怒氣沖沖地轉身便走。

漢官哪裡敢去拿耶律珩，小心翼翼地道：「鄙人一定上報朝廷，咳咳……鄙人告退。」說罷，拉扯著耶律珩，帶著差役忙不迭地逃了。

樓內諸人都被沈傲的身分嚇到了，再不敢說什麼，紛紛告辭出去，怕惹來什麼麻煩。

沈傲心情卻是極好，看了看自己的畫作，連連頷首點頭，對周恆道：「表弟啊，你看表哥的畫如何?」

周恆甕聲甕氣地道：「比本公子好那麼一點點。」

沈傲呸了一句，一副不與他爲伍的姿態，道：「回去，明日開始，正式開工了！」

正要下樓，旋闌兒咬著唇笑吟吟地道：「原來是沈欽差，小女子能一睹欽差風采，又有幸能得欽差替小女子解圍，想請欽差入幕，共飲幾杯薄酒如何？」

旋闌兒似笑非笑，眼眸的深處，有一種挑釁的意味，好像是在說：沈欽差敢來嗎？但凡是男人，都接受不了這種誘惑和挑逗，沈傲猶豫了一下，對周恆道：「表弟，換作是你，你會如何？」

周恆道：「自然喜不自勝。」

沈傲搖頭：「這樣不好吧，假如你是個有妻室的人呢？」

周恆道：「有妻室又如何，男兒志在四方，豈能被妻室捆住手腳！」

沈傲黯淡地道：「可是表弟不會有罪惡感嗎？」

周恆拍了拍胸脯道：「兄弟如手足，妻子如衣服，時常換一換，又有什麼罪惡感？」

沈傲大感欣慰，拍著他的肩膀道：

「經過你這麼教唆，姐夫決心就是刀山火海也要闖一闖，表弟，記得這件事不要告訴你姐姐，如果你說了，我立即坦白從寬，說是你教唆的，到時候我們都討不得好，你自己思量吧。好啦，姐夫喜不自勝去了，辛苦表弟在門口把把風，回頭見！」

話音剛落，人已飛快竄入了內室，只留下覺得大為不妥的周恆撓著頭，臨末才反應過來，上當了！被鄧龍等人一陣取笑，強拉著下樓去也。

進了內室，便是旋闌兒的閨房，裏屋的燭光朦朧，輕紗帷幔之後是一張三面欄杆的雕花繡榻，四壁掛著書畫，增添了幾分古色古香，靠窗的几案上有一架古箏，梳粧檯前伸出一個燈架子，擱著一盞紅紗宮燈，宮燈內的燭火輕輕搖曳，讓整個閨房忽明忽暗。

沈傲和旋闌兒對案而坐，沉默了片刻，二人相互對視了一眼，旋闌兒輕啓朱唇，聲音清麗地道：「原來沈欽差已有了妻室。」

沈傲連忙道：「不打緊，不打緊，我的妻子們都很得體，很大方的，方才我那小舅子你也見到了，他很善解人意，是不是？」

旋闌兒輕輕一笑，隨即道：「沈欽差這一次來南京，是要力主與契丹人講和嗎？」

沈傲想了想，道：「這件事就不要談了，我們還是喝酒吧，這是國家機密，不可外洩。」

旋闌兒複雜地看了沈傲一眼，道：

「久聞沈欽差在汴京力主與契丹人和議，只是沈欽差是否知道，這燕雲十六州的百姓望眼欲穿，便是希望王師北定，驅逐暴遼，沒曾想，最後的結果卻是等來了大宋的使者，要與契丹人推杯把盞，握手言歡。沈欽差身爲讀書人，應當是明事理的，小女子想知道，爲什麼沈欽差要力主與契丹人言和？」

旋蘭兒話音剛落，直勾勾地盯著沈傲，嘴角揚起一絲笑容，一種難以掩飾的冷笑。

沈傲突然察覺到了一絲怪異的氣氛，口裏道：「我來這裏只談風月，可不是和小姐談國事的。」

沈傲早就感覺有些不對勁，他正打算開溜，隨即脖子一涼，從他的後頸處伸來一支寒芒閃閃的長劍。

沈傲不敢妄動了，深望了對面的旋蘭兒一眼，嘆了口氣道：「小姐這是何必？原來這閨閣裏早就藏了一個男人。」

在沈傲的身後傳來一聲嬌斥道：「誰說是男人，你不要胡說八道！」隨即那嬌小的身子慢慢轉過來，手中的長劍仍然搭在沈傲的頸脖上。

沈傲看了眼前的女郎一眼，女郎秀美中透著一股英氣，光采照人，兩頰融融，雙目晶晶，月射寒江。她大約只有十四五歲，腰插匕首，長辮垂肩，一身鵝黃衫子，頭戴金絲繡的小帽，帽邊插了一根長長的翠綠羽毛，手中的長劍一刻不肯放鬆，怒氣沖沖地道：「原來你就是沈傲，那一次在花石船上，竟是上了你的當！」

對面是靜若處子仍舊如沐春風的旋蘭兒，身邊又是一個挺著長劍的清麗少女，沈傲定住了神，心裏轉了許多個念頭，聽這少女說了「花石船」三個字，心裏就明白了，這少女就是那一日的女刺客。

沈傲故作不懂這少女話中意思的模樣問道：「姑娘，在下冒昧地想問一句，你和在下很熟嗎？」

握劍的少女眼眸一呆，隨即有一種難掩的羞辱傳遍全身，她第一次出去行刺，許多事沒有考慮周全，想不到竟被這個傢伙給騙了，如今這沈傲還裝作一副無辜的樣子，教她又羞又急，覺得方才沈傲的話，讓她難堪得連手裏的劍都握不住。

「無恥小人，你還敢笑！」少女長劍前刺，劍鋒幾乎要抵入沈傲的咽喉，只要再稍稍用勁，任誰都相信，下一刻長劍便可從沈傲的後頸洞穿而過。

旋闌兒低呼一聲：「贄兒，不要傷了他的性命。」

贄兒對旋闌兒恭敬極了，連忙將長劍後縮半寸，口裏道：「師父留著這狗賊的性命做什麼？」

沈傲心裏鬆了口氣，只要不動粗就好，如果是講道理，憑著他的三寸不爛之舌，這條命算是保住了，大聲道：「學生有個問題想問一問。」

旋闌兒只當沈傲要問的是爲什麼要刺殺他的事，淡然一笑，很是複雜地道：「沈欽差請說。」

沈傲道：「這位贄兒姑娘至多與小姐相差不過三四歲，爲什麼贄兒姑娘卻叫你是師父？奇怪啊奇怪，莫非你是三四歲就做了師父？咦，不對，或者你十五歲的時候，恰好撿了她去，連哄帶騙，讓她拜了師。哎，學生的師父也不少，不過大多都比我大過一甲子，今日見了你們，方知世上匪夷所思的事還真不少，莫非蘭兒小姐會駐顏術，其實已過了四十，卻練了什麼處女功，讓人乍然一看，只有雙十年齡嗎？」

旋蘭兒：「……」

蘡兒大呼道：「你再胡說，我刺死你！」

沈傲立即繳械投降：「抱歉，抱歉，學生只是有一點點小小的好奇而已，隨口問問。」說罷，沈傲隨即板著臉道：「我和兩位姑娘無怨無仇，你們為什麼要殺我？」

蘡兒道：「你勾結契丹人，與契丹人密謀，還要和遼人簽署和約，阻撓北伐，這條罪狀，足以令千萬燕雲十六州的百姓殺你一千次一萬次，你這狗賊，油嘴滑舌，自以為得了皇帝的寵幸，就可為所欲為了嗎?哼，今日我看誰可以救你。」

沈傲深望著旋蘭兒，認真地問道：「蘭兒小姐也認為我是個賣國求榮的人？」

旋蘭兒朱唇一抿，沉吟片刻道：「一開始見了沈學士，沈學士在那契丹人狂言之下挺身而出，小女子確實沒有想到你就是那個力主和議的沈傲，也正是如此，方才蘡兒要一劍將你刺穿，我才會阻攔她。」她輕輕嘆了口氣，很是猶豫地道：「我想聽聽你的解釋。」

沈傲嘆了口氣，道：「其實你們就算殺了我，宋遼和議只會締結得更快而已。你們認爲我死在遼人的國土上，大宋就會與遼國劍拔弩張？你們太愚蠢了！」

沈傲凜然無懼地道：「只要我一死，遼人就可以立即宣布我是被金人所殺，這個理由又有誰不會相信？誰都知道，只有金人有理由殺我，不瞞你們說，我在大宋皇帝面前還真有幾分影響，我一死，官家必然勃然大怒，只怕到時候不只是和議這麼簡單，便是宋軍北上，與契丹人共抗金人也不一定。」

鸋兒呆了呆，手上的劍握得有幾分無力，冷哼道：「那又如何，殺了你，至少能解我們心頭之恨。」

旋闌兒道：「鸋兒，不要胡來，他說得有幾分道理。」說罷，轉而又對沈傲道：「只是有一點我就是想不通，既然沈公子有如此才幹，又受官家恩寵，爲何要與遼人同流合汙？」

沈傲笑道：「我說過，我從來不和女人商議國家機密大事，但是有一點我可以直言相告，一旦我死了，你們的目的也不會達到，若是我沒死，或許還有機會。」

「機會，什麼機會？」

第一四〇章
誰怕誰

談判！講的就是誰繃得住，誰的演技更好，

相互問候時，要如春風拂面一樣溫暖，

可是一旦意見不統一，就要作出一副絕不肯退後一步的姿態，

誰繃不住了，那麼這場遊戲的勝利者便閃亮揭曉。

沈傲徐徐道：「逼迫遼人割讓燕雲十六州，析津府以南，悉數歸宋！」

旋闌兒呆了呆，目光漸漸變得明亮起來，只是徒然地又變得黯淡下來，道：「沈學士真會說大話。」

顰兒衝動地道：「師父，還和他磨蹭什麼！殺了他便是，他這是故意要拖延時間，等人來救他。」

沈傲不去理會顰兒，一雙眼眸清澈地看向旋闌兒，道：「闌兒小姐認爲學生不遠千里地跑到這南京來，只是爲了玩笑嗎？」

「垂死之蟲，百足不僵，妄想一次北伐驅逐契丹人，憑大宋的軍力如何做到？況且驅逐了契丹人，又有誰來幫大宋抵擋北方的金人？議和有兩種，前者是割地求和，後者是迫人求和，我的議和之策是後者，今日割遼人幾個州，明日再迫他繼續割地納土，十年之後，契丹人奄奄一息，而我大宋日漸強盛，再勤加操練軍士，方可一戰而定。現在談什麼北伐，兩位姑娘不嫌有些不自量力嗎？莫非我大宋北伐得還不夠多嗎？可是有哪一次成功了？」

顰兒怒氣沖沖地道：「胡說。」

旋闌兒陷入深思，眼波一轉，道：「沈學士或許是對的，可是卻難以讓人信服。」

沈傲笑了笑，道：「信不信是你們的事，明日我就要和遼人正式談判，你們願意，現在要殺要剮，悉聽尊便吧。」

該說的也說了，沈傲有點兒疲倦了，被兩個小妮子拿刀逼著，真是難受；他心裏想，她們要殺就殺吧，與其跪地痛哭去求饒，倒不如做個讓人敬重的漢子。

蠻兒冷笑道：「別以為我不敢殺你。」長劍向前一挺，劍鋒刺入沈傲的咽喉，一滴嫣紅的血順著長劍流淌。

沈傲直愣愣地看著旋蘭兒，眼眸仍是清澈，只是咽部的傷口傳出一絲痛感，讓他皺了皺眉，不由自主地悶哼一聲。

「蠻兒，放他走吧！」旋蘭兒突然改變了口吻，一雙眼眸深邃逼人，看向沈傲道：「看他如何與遼人議和，若是他所言不實，立即殺了他！」

蠻兒跺腳道：「師父……」

旋蘭兒道：「不要胡鬧，他說得沒有錯，殺了他，只會加快促成宋遼和議，與其如此，暫且信他一回，看他是否真能從遼人手中為漢人撈到好處。」

蠻兒道：「師父，這個人油嘴滑舌，不可輕信。」

旋蘭兒閉上了眼睛，如冰山雪女良久嘆了口氣：「我累了，沈學士請回吧。」

冬日的天亮得很晚，此時雖到了寅時，整片天幕還是灰濛濛的，小樓之中搖著豆點的燈火，旋闌兒站在樓前目送著那個身影在數十個扈從的簇擁下離開，而旋闌兒的眼裏閃露著複雜的無奈。

「師父……」

「你不必再說了。」旋闌兒溫柔地卸下虁兒手中的劍，道：「我有一種感覺，他並不是個壞人，否則方才他也不會挺身而出，這個人很奇怪，讓人難以摸透。哎，我閱人無數，卻沒見過這種在危險面前依然能談笑風生的人。」

想到那個在黑暗中漸行漸遠的身影，旋闌兒微微一笑，笑中帶著些許的溫柔，可是隨即，她的俏臉又板了起來，冷若冰霜地道：

「虁兒，你去監視他，若是他所言不實，將來必會爲禍不小，我們得先斬草除根。」

虁兒道：「師父也不能再在這裏繼續待下去了，若是他騙了師父，也許已經向遼人通風報信，說不定現在已經有許多遼人圍過來。」

旋闌兒搖搖頭道：「不怕，他不會這樣做。」說罷，隨即慵懶地打了個哈欠，道：「師父累了，虁兒，辛苦你一趟了。」

虁兒撿起劍，朝旋闌兒行了個禮：「師父放心。」留下此話，倩影消失在小樓的盡頭。

第二日清晨，薄霧如輕紗一般自天幕籠罩下來，沈傲攏著手哈了個寒氣，跺著腳帶著人回到萬國館，閨房裏的事他也沒有透露出去，因此周恆故意落在隊伍的後頭，不願意去和沈傲接觸，對沈傲生著無聲的悶氣。

到了萬國館，立即讓人生了炭爐，安排禁軍們先去睡下，沈傲卻是睡不著，讓萬國館的從人去將吳文彩叫醒。

吳文彩趿著鞋過來，見了沈傲，埋怨道：

「大人一夜未歸，叫下官擔心死了。」

沈傲呵呵一笑，道：「吳大人放心，我又不是三歲孩童，還不至走丟了。」隨即正色道：「吳大人，從今日起，我們要開工了。」

「開工？」

沈傲正色道：「自然是正式和遼人商議議和之事，吳大人，莫非你以為我們是來遊玩的嗎？」

吳文彩暗暗腹誹：原來這位欽差大人還知道是來議和的，老夫還以為你是來尋花問柳的呢。

沈傲道：「吳大人，你放風聲出去，就說我現在想談了，讓遼國派一個能談的來

談，沈某人在萬國館恭候。」

吳文彩道：「尚未交換國書，只怕於理不合，況且這樣的議事，在萬國館裏談，是否草率了一些？」

沈傲沒有過多解釋，笑呵呵地道：「吳大人快去就是。」

吳文彩只好去了，沈傲趁著這個時間小憩了一會兒，待有人將他叫醒，才知道遼國派了耶律大石前來談判。

耶律大石……沈傲想起這個傳說中的牛人，腦子飛快運轉起來，遼國皇帝為何派他來談判？須知這耶律大石乃是武官，遼國國主派他來，證明了兩點，其一是耶律大石極受遼國國主的信任，以至於將國事都完全託付給了他。至於這其二，也說明遼國對議和之事十分看重，甚至不惜破壞程序，直接讓耶律大石登場，而不是先派出禮部官員接洽。

他們等急了！這是沈傲的判斷。

沈傲的心裏大樂，他就是要讓遼國人著急，不過現在才剛剛開始，自己就是要耗死他們。

耶律大石四十多歲，戴著尖尖的皮裘帽，帽檐上鑲嵌著一塊碩大的美玉，他的臉色帶著些不健康的青紅，完全不像是個威武的大將軍，反而像個病秧子。

他身上穿著左衽的棉襖，外面套著一件披風，最引人注目的是唇上的兩撇彎鬚，幾乎要翹上天去，讓人看得很是滑稽。

這是一個相貌醜陋的人，唯有那一雙眼睛，有一種咄咄逼人，如錐入囊的銳利。

耶律大石踩著鹿皮靴進來，撲掉身上的積雪，見了沈傲，倒是並不急於寒暄，一雙眼眸上下打量沈傲一眼，才微微笑道：

「這位可是名動天下的沈傲沈學士？」

他故意不提及沈傲欽差的身分，顯得氣定神閒的模樣，便是希望作出一個姿態：你不急著談，我們契丹人也不急於議和，看你能玩弄出什麼花招。

沈傲與他寒暄幾句，這才發現耶律大石和他想像中的並不相同，此人能說會道，不像是個將軍，反而更像是個雅士。

二人故意不去接觸議和之事，反倒不約而同地談起天氣，說起南京的名勝古蹟，耶律大石滔滔不絕地爲沈傲介紹了一些勝景，才道：

「沈學士若是有閒，老夫倒是很有興致隨沈學士一起去欣賞千柳湖的雪景。南人的名勝固然不少，可是那冬日的千柳湖，其風味應該會很合沈學士這般才子的心意。」

沈傲道：「到時就勞煩耶律將軍了，不過嘛，這南京我是不敢再逛了。」

耶律大石眼眸微微一閃，知道沈傲要進入正題，饒有興趣地道：

「噢？這是什麼緣故？」

沈傲道：「昨夜清樂坊的事，莫非耶律將軍不知道？」

這一句反詰，將耶律大石逼到了牆角，不知道是騙人的，以他的身分，沈傲在汴京的風吹草動，又豈能不知。

耶律大石道：「不過是一場小誤會而已，沈學士不必記掛在心上。」

方才還是溫潤如玉的沈傲陡然霍然而起，臉色大變道：

「小誤會？沈某人欽命議和，代表的是我大宋朝廷，更是大宋官家，一個小小的契丹貴族就敢在我面前放肆，將軍認爲這是小事？」

他咄咄逼人的直視耶律大石，得理不讓人。

耶律大石面上古井無波的道：「那麼沈學士要如何？是不是要那耶律珩來向沈學士賠罪？」

沈傲重新坐下，翹著二郎腿，慢慢的端起桌上的茶盞捂在手上，慢悠悠地道：

「賠罪就不必了，鄙人身爲國際友人，受到如此不公的對待，豈是一個賠罪就能解決的。我的要求很簡單，立即交出耶律珩，讓我帶回大宋去發落。」

「不可！」耶律大石不需考慮，斷然拒絕，眼眸中閃過一絲怒意，冷哼道：「沈學士，你這也未免欺人太甚了吧。」

從握手言歡到爭鋒相對，兩個老狐狸絲毫不覺得有什麼不妥。噓寒問暖時，恨不得立即燒黃紙做兄弟，可是一旦翻了臉，卻都作出了一副寸步不讓的架勢。

談判！講的就是誰繃得住，誰的演技更好，相互問候時，要如春風拂面一樣溫暖，可是一旦意見不統一，就要作出一副絕不肯退後一步的姿態，誰繃不住了，那麼這場遊戲的勝利者便閃亮揭曉。

這個條件屬於原則問題，耶律大石再愚蠢也不會答應，正如遼使以上高侯毆打他要大宋交出凶手一樣，一旦交了人，不但有傷國體，且會引起整個貴族體系的寒心。耶律珩不算什麼東西，卻維繫著契丹人的面子，有些時候，面子也是原則。

沈傲森然一笑：「那麼我們是沒法談了？既然如此，那麼就送客吧！」他揭開茶蓋，吹著茶沫，氣定神閒的低頭喝茶。

耶律大石沉默了片刻，道：「那麼鄙人告辭。」不作停留，起身就走。

吳文彩從耳室裏出來，神色匆匆的對沈傲道：「大人，爲了一個契丹貴族，何必要傷了和氣？」

沈傲笑吟吟的看了他一眼，道：「只是爲了一個貴族？大人，你臉皮不夠厚啊……」

他嘆口氣，爲吳文彩的臉皮沒有城牆厚而感到惋惜，好像臉皮厚還挺光榮似的，教吳文彩一時語塞，像看猩猩一樣看著沈傲這個稀有動物，心裏作苦：朝廷怎麼派了這麼個二楞子來做欽差，哎，這麼拖延下去，只怕到了開春，這議和的事也談不下來。

沈傲悠悠然道：「眼下我們當務之急，是要向契丹人討一個說法，要好好和他們談，不談出個結果來，誓不甘休，非但要談，還要鬧出動靜。吳大人，你立即去向他們的禮部和鴻臚寺嚴正抗議，就說本使被那契丹人耶律什麼的侮辱，已是嘔血三升，不能下榻，若是他們不給個說法，這議和就此作罷！」

吳文彩想說什麼，最終搖搖頭，苦笑道：「老夫這就去。」

沈傲真的「病」了，是心病，又是閉門謝客，倒是可憐了吳文彩，上下活動，到處抗議，從耶律大石到那漢兒宰相，再到遼人的禮部和鴻臚寺，一個沒有拉下。

沈傲將自己關在臥房裏，尋了幾本書來，倒是定下神來做起了學問，只不過，他有兩耳不聞窗外事的決心，奈何那街上的一個人影兒卻教他有點兒不舒服。

這人影嬌小玲瓏，抱著一件黑布包裹的長刃，晝伏夜出，有時突然出現在房頂，有時倚在院牆。

這幾日南京下起紛紛揚揚的雪花，整個城市變得晶瑩剔透起來，寒風凜冽，冷氣逼人，穿著厚重衣衫的倩影一到夜裏，便禁不住望向天空，呢喃詛咒，搓著手掌，吐出一口口白霧，禁不住俏臉都凍成了青紫。

「真是個倔強的丫頭。」沈傲推開窗去，看到人影蜷在街角，硬是不肯離開，搖了搖頭，再沒有讀書的心情了。

這丫頭監視了他整整三天，這三天裏，她一雙漆黑的眸子看著每一個進出萬國館的人，有時也會向沈傲的窗裏看一看。還有一次夜裏，沈傲半夜醒來，聽到房頂的屋瓦傳出咯吱咯吱的踩踏聲，撲簌簌的灰塵紛紛揚揚下來，讓他一夜沒有睡好覺。

一開始，沈傲有一種報復這野蠻丫頭的痛快之感，可是後來，終於還是被她的偏執感動得唏哩嘩啦：「小姐，哥哥沒得罪你啊，你沒必要如此陰魂不散吧。」心在抽搐，卻是一點辦法也沒有。

沈傲漫無目的的尋了本書來看，挑了挑燈，聽到窗外有動靜，放下書，躡手躡腳的走到窗前，猛地將窗推開，一股冷風呼嘯進來，映入眼簾的是一隻腳，腿很修長，穿著一件粉紅的馬褲，若換了別人早已嚇死了。

沈傲定了定神，才發現這丫頭只差一步就要攀上屋頂去，聽到下頭的動靜，她也不動了，尷尬地沉默了片刻，蟬兒怒道：

「你……你開窗做什麼？」

沈傲立即道：「沒什麼，沒什麼，我什麼都沒有看見。」

蘡兒一個起落，躍到了窗外，兩個人臉對著臉，顯得有些尷尬。

「不許這樣看我。」

沈傲立即別過頭去，不看就不看。

「蘡兒姑娘要進裏屋來坐坐嗎？外頭這麼冷，很容易著涼的。」沈傲含笑著發出邀請。

「本姑娘才不進你這國賊的屋子……啊啾……」蘡兒忍不住，一口噴嚏不爭氣的打出來，一口水霧噴在沈傲的臉頰上。

「啊……我不是故意的。」

沈傲連忙擦了擦臉，很大度的道：「沒事，沒事，我不是個小氣的人。」

蘡兒對沈傲的態度好了幾分，透過沈傲，打量了沈傲的屋子道：「你在做什麼？」

「看書。」

蘡兒想了想道：「奸臣逆子也看書嗎？」

「這個……姑娘還是進來坐坐吧，若是染了風寒，到時候你師父找誰來監視我。」

這個理由讓蘡兒很難拒絕，所謂身體是革命的本錢，她故意板著臉道：「師父知道了會罵的。」

沈傲笑了笑：「若是你師父不知道呢？」

蘴兒心裏生出一種做壞事的感覺，俏臉紅紅的，如百靈鳥一般鑽進了屋子。

沈傲立即給屋裏的炭爐添了木炭，拿著火鉗加旺了火，房間裏溫暖如春，蘴兒在沈傲的屋裏四處打量，覺得很是好奇，旋即尋了個凳子坐下，警惕的望著沈傲，一刻也不肯放鬆。

沈傲沒有和她說什麼，等到了雞鳴聲起，蘴兒打了個呵欠，說：「我要走了。」

沈傲道：「勞煩蘴兒姑娘不辭勞苦來監視學生，辛苦，辛苦，蘴兒姑娘好走，學生不送了。」

蘴兒撲哧一笑，這是她第一次在沈傲面前笑，這俏皮的丫頭板起臉來像一隻母老虎，笑起來卻別有一番風味。

沈傲打開門，要請蘴兒出去，誰知回頭一看，窗子已經打開，蘴兒的倩影消失在窗口，沈傲口裏忍不住道：

「女俠就是女俠，總是和別人不一樣，芸芸眾生都是從門裏進出的，女俠喜歡鑽窗戶。好，這一條要記下，以後和她們打交道時用得上。」

關了窗，他躺到榻上便睡。

沈傲閉門謝客，在幾天之後，這種倔強的態度終於令契丹人明白了，這個沈傲是來真的。

令人哭笑不得的是，早先已經做好的許多個備案，那些準備對付沈傲的手段，突然之間都失去了效用，人家壓根就不打算和你談議和，就直接引爆了一場衝突。而沈傲的條件，是契丹人萬難答應的，耶律大石原想與沈傲比耐力，這也是眼下最好的辦法，誰失去了耐心，議和的第一場就輸了。

只是耶律大石雖然決心好好讓這不知天高地厚的小子見識見識自己的手段，遼國皇帝耶律淳卻憋不住了，立即召耶律大石入宮，叫耶律大石務必將沈傲拉到談判桌上去。

契丹人等不起，耶律大石縱是要學那穩坐垂釣的姜子牙，遼國皇帝卻偏讓他做不得。無奈之下，耶律大石又來探訪，這一次，他是以探病的名義，備下了許多禮物，憂心忡忡的到了萬國館。

「耶律將軍，我家大人病了。」門口的禁軍將他攔住。

耶律大石心中滿是怒氣，卻不得不放低姿態道：「請轉告沈學士，就說耶律大石拜謁，前來探視沈學士病情。」

禁軍只好上去傳報，過了好一會，才下了樓來，道：「我家大人請耶律將軍進去。」

耶律大石鬆了口氣，頷首點了點頭，抬步進去，心情黯然，他心裏明白：第一局，沈傲贏了。

「耶律將軍……哎……真是折殺了本使。」沈傲生龍活虎地迎向耶律大石，如沐春風地走過去挽住他的手，親暱地表現出感激之色，這種感激的背後，還有一種勝利的喜悅。

耶律大石，終於低頭了。

病不病已經不重要，重要的是問題該怎麼解決，遼人不會交出肇事凶手，就一定會在另一方面作出讓步。

耶律大石笑容滿面，很是真摯地對沈傲道：

「聽聞沈學士病了，鄙人夙夜難昧，今日見沈學士並無大礙，這才放下了心，沈學士千里迢迢來到我大遼，是我大遼最尊貴的客人，若是因水土不服染病不起，鄙人真是萬死難咎了。」

二人如久未逢面的好友，噓寒問暖了一番，沈傲叫人上了茶，笑道：

「耶律將軍，這是學生從大宋帶來的廬山雲霧，早就聽聞耶律將軍是茶道高手，請將軍品鑑。」

耶律大石品嘗一口，自是免不得幾聲誇讚，像他這樣的老狐狸，誰也不知他哪一句

是真，哪一句是假。

沈傲心裏呵呵笑著，耶律大石縱是精通茶道，現在只怕也沒有心思去品茶了。

二人坐定，耶律大石道：「沈學士，那耶律珩罪該萬死，我大遼皇帝陛下已下旨申飭，削去了他的爵位，不知沈學士可滿意嗎？」

「不滿意！」沈傲回答得很乾脆：「學生的條件只有一個，交出凶手，讓學生帶回大宋治罪。」

耶律大石嘆了口氣：「沈學士身爲國使，我大遼上下敬重有加，那耶律珩縱是萬死，沈學士又何必要和他計較呢？」

沈傲寸步不讓道：「不是我要和他計較，是我大宋要和他計較，他侮辱的不是學生，而是大宋的威儀，所以這件事，只怕幫不了耶律將軍了。」

耶律大石吸了口氣，心知沈傲一定要將此事鬧大，沒想到一個小小的爭端，竟上升到了有傷國體的高度！

沉默片刻，一雙渾濁的眼眸陡然變得鋒利如刀，沉聲道：

「沈學士，我們開門見山吧，這耶律珩，我大遼斷不會交出，既是議和，我大遼自有萬般的誠意，還請沈學士也拿出你的誠意來，雙方各讓一步，你我才能有一個交代。」

沈傲眼眸一亮，漫不經心地道：「耶律將軍說雙方各讓一步，學生若是讓了一步，耶律將軍又打算在哪裡作出讓步呢？」

「……」

耶律大石沉默了，雖然來之前，他早已料到了沈傲會圖窮匕見，可是真到沈傲露出獠牙時，他仍是忍不住斂眉不語。各讓一步，沈傲讓的只是虛名，而大遼卻要付出實際的利益，可是這個虛名對大遼卻是至關重要！

「沈學士，國書尚未交換，現在談讓步，是否言之過早了？」

沈傲笑呵呵地道：「好，這就交換國書，耶律將軍少待，今日正午，我就讓吳大人傳遞國書至貴國禮部衙門。」

耶律大石顯得有些倦了，頷首點了點頭，嘆了口氣道：「那鄙人先告辭了，沈學士保重。」

見耶律大石站起來，沈傲拉著耶律大石的手，動情地道：「耶律將軍為何來去匆匆，你我一見如故，沈某還想和將軍討教一下茶道呢。」

耶律大石哪裡還有喝茶的心情，苦笑道：「鄙人還有公務，只怕要讓沈學士失望了，過幾日，待議和成功，鄙人再來拜訪。」

客套一番，親自將耶律大石送出萬國館，沈傲的眼眸中閃過一絲狡黠，匆匆回去，將吳文彩叫來，囑咐道：「立即去遞交國書，不要耽誤。」

交代完一切，立即回房去補覺，被那小丫頭一折騰，沈傲一夜未睡，又打起精神和耶律大石勾心鬥角，眼下他實在睏得不行，一覺睡過去。

等他醒來時，推開窗，此時又是夜深，南京城內粉裝玉砌、披銀裹素，雪白的房屋與地面之間寒風陣陣，屋簷之下的冰稜兒滴答著澈骨的冰水。

清冷的街道上，一個熟悉的倩影在街道的角落處捂著手，瑟瑟發抖，清澈的眼眸望著沈傲的窗戶，跺著腳，哈……哈……地吐著白氣。

見到沈傲的窗戶推開，那幽深的眼眸兒閃過一絲亮澤，凍得青紫的臉頰故意別到一邊去。

窗裏的人朝她招手。她冷哼一聲，心裏想，不能再上這個奸臣賊子的當，便故意不去看他。

窗裏的人吹起了口哨，這口哨聲嘹亮極了，聽得她心煩意躁，心裏冷哼，不去就是不去，不能受奸臣賊子的恩惠。

只是這一聲哨響，引起了動靜，值夜的禁軍以爲發生了什麼事，紛紛出了萬國館，要看誰在夜裏吹哨。她嚇得立即貓入黑夜之中，心裏忿然不悅。

待禁軍們罵罵咧咧地走了，她又鑽出來，看到那窗兒還是洞開，裏頭的燭影搖曳閃爍，爲黑夜增添了幾分光明，而他還站在窗前，又朝她招手。

她哼了一聲，不再去跺腳、捂手，挺著胸脯，決心恪守自己的職責。

他又開始吹哨了，這聲音猶如夜裏鳴叫的貓頭鷹，在這黑夜中多了幾分森然。

她跺跺腳，這般吹下去，那些禁軍只怕又要出來，這樣下去也不是辦法，想了想，她走到萬國館的院牆下，一個鷂子翻身，便輕盈地飄落在圍牆上，幾個起落，終於攀上沈傲的窗臺。

「吹什麼吹？」

沈傲在笑，深邃的眸子好像看透了她似的，道：

「夜裏這麼冷，一個大姑娘在外頭風吹雪淋，學生怎麼好意思呼呼大睡呢？姑娘進來取取暖吧。」

她猶豫了一下，沉默地鑽進了屋內，屋裏還是溫暖如春，她已經對這裏不再陌生，逕自尋了個凳子在炭盆前坐下，卻始終抿著嘴不說話。

沈傲端了杯熱茶給她，她捧著茶，猶豫著要不要喝，沈傲只是笑笑，轉身走到書案之後去，尋了本書專注地看了起來。

她鬆了口氣，彷彿放下了千斤重擔，喝了茶，坐在炭盆旁想著心事。

兩個人如有了默契，都沒有說話，一個看書，一個取暖，屋內溫暖如春，隱晦的燈火閃爍跳躍，直到蠟燭的蠟油滴盡，雞鳴聲響起，鸞兒幽幽地打開眼簾，竟發現她方才不自覺地小憩了片刻，她的身上，似乎還披著一件衣衫。

鸞兒有些失措，這是一件公服，還有一股清新的皂角香氣，她偷偷的瞥了桌案一眼，那個人還在看書，整個人巍然不動，卻也是撐著眼皮昏昏欲睡。

鸞兒的俏臉一紅，抱緊了橫在腿上的寶劍，總覺得自己犯了錯，立即站起來，悄悄地走到沈傲身邊，道：「我，我走了。」

沈傲驚醒，抬眸，眼眸清澈卻明顯地佈滿了血絲，笑了笑，道：「噢，這麼快。」他從容地站起來，施施然地朝鸞兒躬身一禮，道：「鸞兒姑娘辛苦了，這麼冷的天，還勞煩你來監視，學生汗顏至極。」

鸞兒俏臉更紅，有些慌亂地道：「不辛苦，不辛苦……」咦，哪有被監視的還勞煩她辛苦的，好怪異。

鸞兒抱著劍，又幽幽地道：「昨日那逆賊耶律大石來尋你，和你說了什麼？」

沈傲道：「沒說什麼，只是寒暄而已。」

鸞兒咬了咬唇，知道問不出來，旋過身拋下一句：「我走了。」

吐出最後一個音節，沈傲連忙搶過去開窗，道：「鸞兒姑娘好走不送。」

馨兒生氣了：「你開窗做什麼？」

沈傲：「……」

馨兒跺腳：「你看不起我是不是，害怕別人看見我從你門裏出來，會傷了你的面子！」

沈傲：「……」

馨兒咬著唇，握緊手中的劍，疾步去開了門，大喇喇地揚長而去。

沈傲只來得及看見馨兒的倩影在拐角處消失不見，房裏似乎留下了淡淡的女兒家體香。

「……」

「我去開門你爬窗戶，今日我開窗子你又去開門，江湖兒女果然和別人不一樣……」沈傲嘆了口氣，卻是真的感到累了，伸了個懶腰，倒頭就睡。

第一四一章
俯首稱臣

對於沈傲來說，稱弟雖然比稱臣差了一些，卻是了不起的進步，
面子上的問題爭一爭也就是了，
之後的條款才是重中之重，他做出一副割捨不定的樣子，就是要告訴耶律大石，
自己已經作出了最大的讓步。

國書已經遞交，大宋的國書送到了遼國禮部，隨即呈上朝議討論，頓時引起軒然大波。稱臣、割地、納貢，所謂的國書，無非就是這三條，只是從前是遼人向大宋提出這個要求，如今卻是大宋向遼國提出了這些主張。

豈有此理，豈有此理，一時之間，朝堂裏鬧哄哄的，咒罵一片，就是一時沉湎酒色的耶律淳也氣得瑟瑟發抖，暴風驟雨之中，耶律大石選擇了緘默，他呆立在金殿之下，在許多人要求驅逐宋使的吆喝之下，他選擇了沉默。

牢騷歸牢騷，現在最需要的是面對現實，耶律大石在眾人發洩之後，當耶律淳目光垂詢似的看向自己時，他站出來發表了自己的意見：

「當下之局，不談是死，議和尚能求活，議和之事刻不容緩，既然宋人願意談，我大遼豈能放棄這大好時機？」

他的意思是，宋人可以漫天要價，他們也可以落地還錢，現在說什麼驅逐宋使，甚至與大宋交惡都是氣話，解決不了任何問題，眼下只有維繫這門而不破的大局，遼人才能一心一意去對付契丹的真正敵人和對手。

耶律大石權傾朝野，深得遼帝信任，他說的話，自然無人反對，既然決定了方針，那麼接下來的問題就是，該怎麼談，以什麼樣的形勢來對付這個油鹽不進的沈欽差。

遼人雖然議論紛紛，一時間卻是沉默下來，萬國館頓時冷清下來，唯有鵝毛大雪紛揚而下，似乎永遠沒有盡頭。

沈傲並不著急，遼人的反應在他的預料之中，甚至他壓根就沒有想過此次議和會這般順利，無非是空耗而已，沈傲有的是時間。

一到夜裏，蠻兒就來了，她抱著劍，如野貓一樣總是按時出現，只不過和從前不同，從前的蠻兒還有幾分矜持，現在卻覺得一切理所當然，她出現在沈傲的窗下，用劍柄敲敲窗，裏頭就有人給她開窗，隨即她就如靈貓一樣竄進去。

這是一種很奇怪的狀況，蠻兒進去了，就老實地坐在炭火邊想著心事，而沈傲仍舊看書，有時油燈快要盡了，蠻兒會突然添一點火油；一夜過去，蠻兒霍然而起，總是那樣的準時，而沈傲仍舊昏昏欲睡，差點兒要一不小心地撲倒在書桌上。

叫醒了沈傲，蠻兒會問：「幾個遼人來做什麼？」或者說：「今日你的吳大人去了契丹人的禮部嗎？」沈傲並不會正面回答她，她也不再追問，舉步就走。

這一下沈傲學聰明了，既不去開門，也不去開窗，女俠的心思，他實在很難理解，索性讓她自己走。

不過，這樣穩妥的辦法反而讓蠻兒怒視了沈傲一眼，拋下一句話道：「怎麼?我要走了，你也不送送?!」

沈傲：「……」

日子一天天過去，轉眼過了十月，雪花下個不停，讓人不勝其擾，沈傲混沌地打發著時間，終於，久未謀面的耶律大石前來拜訪。

雖然久未交鋒，可是二人仍在暗中較勁，耶律大石是個可怕的對手，沈傲相信自己的判斷，不過巧婦無米，這位大遼國的頂梁柱，顯然沒有多少底牌，金軍在北面又發起了進攻，雖然憑著堅固的防禦工事，遼軍打退了金軍，可是戰爭的主動權，仍然牢牢地握在金人手裏。

冬季席捲了漠北，金人終於暫緩了攻勢，給了遼人喘息之機，但是契丹人明白，冬季過後，蓄勢待發的金人將會捲土重來，下一次，他們將會更加強大，攻勢更加凌厲，開春之後，將是一段更加艱苦的歲月。

必須建立一個穩固的後方，戰爭才能維持下去，這幾乎已經成了契丹上層貴族普遍達成的默契，沒有多少時間了，開春之前，宋遼的議和一定要完成。

背負著這個使命，耶律大石不得不來，這一次隨來的，還有不少樞密院、禮部、鴻臚寺的官員，熙熙攘攘十數人之多，他們已決心擺開了架勢，和宋使做最後的努力。

先是一陣寒暄，沈傲如沐春風地和隨來的官員打著招呼，便是那負責記錄的小胥吏，他也打了招呼，這個舉動，讓遼人的南帳官員們產生一個錯覺，眼前這個舉止從容、客氣有禮的傢伙，當真是那難纏的欽差使者？

只是很快，他們就見識到了沈傲的厲害，因爲在之後的談話之中，他們竟是一句話都插不進口，吳文彩和遼官們一個個面面相覷，隨即便聽到沈傲和耶律大石的咆哮……

「大遼向宋國稱臣，這是百年未有之事，契丹人寧願開戰，也決不做出這等有辱國格的事，沈學士，你需明白，我大遼也不是好欺負的，駐守易州、武清一帶的契丹勇士，也絕不肯答應！」

「不答應那就是沒得談了，耶律將軍，你莫要忘了，那耶律珩的事，我已作出了讓步，至於稱臣，大宋心意已決，你們契丹人不稱臣，那麼只有兵戎相見！」

「兵戎相見就兵戎相見，我契丹人莫非還怕了你們南人。」

「既如此，那麼就送客吧，耶律將軍，沈某恕不遠送！」

「走就走……」

雖是一個逐客，一個要走，可是最終，耶律大石還是沒有移步，二人怒氣沖沖地對視著，恨不得將對方生吞活剝。

沈傲突然道：「耶律將軍，你需明白，我是帶著誠意來的，你們這樣的態度，這議和之事若是擱置，對你我，對宋遼都沒有好處。」

耶律大石終於嘆了口氣道：「沈學士說得對，可是國書的第一條，契丹人萬難從命，請沈學士再斟酌一二。」

沈傲態度堅決：「這是我大宋皇帝定下的國書，就是沈某人也無權更改，將軍不從命，沈某人也沒有辦法。」

談判陷入僵局，剛剛正式接觸，就已到了要一拍兩散的地步，耶律大石冷哼一聲，道：「那麼議和之事，容後再議吧。既然沈學士做不得主，就請稟告宋國皇帝，我大遼可殺不可辱。」

說罷，耶律大石帶著眾官拂袖而去。

雖是第一次回絕得沒有一絲餘地，可是第二日，耶律大石又帶了人來，寒暄時，所有人如多年未見的好友，就差點兒掉眼淚相互擁抱了，一旦坐定，立即換了一副嘴臉，仍舊是沈傲和耶律大石相互咆哮。

「不知沈學士考慮得如何？」

「考慮？考慮什麼？」

「我大遼絕不能稱臣。」

「那就是沒得談了？」

「沈學士是來議和的嗎？爲何不拿出一點誠意？」

「耶律將軍，你莫要忘了，耶律珩的事我已作出了退步，現在你卻指責我沒有誠意，我倒想知道，耶律將軍的誠意在哪裡？」

「哼！」耶律大石黑著臉，將臉別到一邊去：「如此，只能兵戎相見了！」

沈傲氣定神閒，似笑非笑地道：「耶律將軍可要爲自己的話負責。」

耶律大石起身便走，留下一群面面相覷的遼官。

第三日，雨雪交加，淒慘的北風呼嘯肆虐，耶律大石戴著斗笠，如期而來，屁股坐定，他嘆了口氣：「沈學士，第一條大遼實難接受，昨夜我入宮面見了陛下，陛下同意大遼可以兄禮待宋，如何？」

這是耶律大石作出的最大讓步，在從前，按照宋遼的協議，宋遼皇帝的稱呼都是以年紀來論長幼，若是遼國皇帝年紀較長，宋國皇帝則稱呼遼國皇帝爲兄；若是宋國皇帝年長，遼國皇帝則喚之爲兄，而如今，遼國向大宋稱弟，對於遼人來說已是了不起的讓步。

沈傲端坐不動，道：「可是官家叫我來，已經明言，國體之事不可輕廢，應據理力爭，耶律將軍，這件事很難辦啊。」

他一副很吃虧的樣子，唏噓一番，又連嘆了幾口氣，還在猶豫。

耶律大石目不轉睛地盯著沈傲，生怕沈傲再說個不字，若是沈傲連這個退讓都不肯

作出，那麼他只能選擇放棄議和，契丹人雖然國難當頭，可也知道若是一味退讓，只會讓人得寸進尺。

沈傲突然抬眸，咬了咬牙道：「好，沈傲爲了宋遼的友好和睦，就辜負官家一回，待回到汴京，再請官家降罪；耶律將軍，爲了宋遼的長久之計，沈某人可是甘冒殺頭的危險啊，哎……」說罷，重重地嘆了口氣，黯然失色地坐在椅上。

沈傲這般說，只是爲後面的談判做鋪墊，對於沈傲來說，稱弟雖然比稱臣差了一些，卻也是了不起的進步，面子上的問題爭一爭也就是了，之後的條款才是重中之重，他做出一副割捨不定的樣子，就是要告訴耶律大石，自己已經作出了最大的讓步，後面的內容，已經沒有了商量的餘地。

納貢之事倒不至於火藥味十足，畢竟大宋索要的不過是每年萬匹馬而已，作爲交換，大宋則送出錦帛、絲綢、茶葉作爲回贈。

連續七八天的議和，已讓雙方都覺得筋疲力盡，沈傲提出歇息兩日，耶律大石倒也同意，因此，熱鬧了三天的萬國館，終於又恢復了寂靜。

這一日夜裏，咚咚的敲窗聲傳來，沈傲心裏一動，立即去開窗，蓁兒矯健地跳躍進去，吁了口氣，又坐到炭盆邊上取暖。

沈傲假裝到書桌前去看書，沉默了很久，蓁兒突然道：「你在看什麼書？」

「戰國策。」
「戰國策是什麼?」
沈傲發現自己很難和她解釋清楚，想了想，道：「我來和你說個故事吧。」
「不聽，你是奸臣賊子，說不定是要蠱惑我。」
沈傲笑了笑，只好繼續看書。
過了片刻，蕈兒突然道：「好吧，我要聽聽你剛才想說的故事。」
沈傲放下書，講的是蘇秦張儀的故事，蕈兒認真地聽，看著沈傲那燭光下精緻的五官，聽他朗朗動聽的聲音，一時俏臉紅了，不自然地埋下頭去。
「齊國真是愚蠢，其他國家都滅亡了，他們齊國難道能夠保全嗎?爲了一些小利，而破壞了合縱，最終它們是自食其果。」聽罷了故事，蕈兒將心中的話說出來，頓了一下又道：「若是齊國能夠與各諸侯國合力攻秦，那麼也就不會滅亡了。」
沈傲頷首點頭：「蕈兒很聰明，連你都看出來了，這個故事已經發生了上千年，可是同樣的故事卻在不斷地重演，蕈兒，你說，如果你是齊國國君，你會選擇合縱攻秦，還是自私自利?須知齊國與燕國、楚國都有世仇，三國之間相互征戰了數百年。」
蕈兒道：「仇恨固然重要，可是爲了報仇而國破家亡，那就是愚蠢。」
沈傲眼眸中閃過一絲奸計得逞的笑意，道：

「這就是了，眼下大宋就是當初的齊國，西夏、契丹就是燕、楚，大宋與他們同樣有刻骨的仇恨，可是如今金人崛起，比之當時的秦人更加厲害，換作是你，你願意放下仇恨與契丹人攜手對付金人嗎？」

蓁兒這才明白，原來沈傲講這個故事早有用意，心裏雖然覺得這個道理很對，卻板著臉道：「果然是亂臣賊子，三兩句話還是離不開宋遼議和的事。」說罷，抱著劍立即站起來，生怕再受沈傲的影響，道：「你的故事講完了，我也該走了。」

沈傲舉眉，覺得有點意外：「今日這麼早就走？」

蓁兒道：「我的大師兄從西京道回來，我要去見見他。」

說起大師兄，她的眼眸中閃過一絲悅然，道：「沈傲，我師父說，你不像是個壞人，可是在我眼裏，你這個人壞透了。」咬了咬唇，慍怒地看了沈傲一眼，跺腳便走。

沈傲這一次學乖了，口裏道：「姑娘確實累了，是該去歇一歇，若為了監視學生，而累壞了姑娘的身體，學生會很不安的，咳咳……喂，你又開窗戶，小心地滑，高來高去的太危險……」

倩影已從黑洞洞的窗戶中消失不見，沈傲走到窗臺去，往黑夜中逡巡，看到一個婀娜的身影，如天仙下凡一般躍下了圍牆，在滿是積雪的長街上飄落……

「女俠……好走啊……」他朝著黑暗的街道搖了搖手，嘆了口氣，將窗戶合上，才是轉身去睡了。

兩天之後，兩國的唇槍舌戰繼續進行，這一次，耶律大石的陣仗更大，帶著數十個遼國官員，呼啦啦的數十台軟轎停在萬國館外，他今日披著厚重的裘衣，繫著金帶，頭上戴著的是續著貂尾的尖頂暖帽，鹿皮靴子踩在積雪上咯吱作響。

到了萬國館的儀門前，他深吸了口氣，隨即吐出一口白氣，心情沉重的停住了腳步。

真正的對決開始了，因爲今日談的問題至關緊要——割地。

契丹人竊據燕雲十六州以來，莫說割地，便是侵佔宋人的領土也是不少，可是一夜之間，宋人卻提出如此苛刻的要求。

對於契丹人來說，腳下的這塊土地對於他們來說，只是客居之地，可是如今關外的領土幾乎喪失，這塊棲息之地對於他們彌足珍貴，又豈能割讓？

只是宋人既然有備而來，況且這個沈傲又是油鹽不進，耶律大石預感到，今日的談判將會比以往更加艱難。

眾人進了萬國館正廳，分別落座，宋副使吳文彩等候多時，可是那沈傲卻遲遲不來，耶律大石皺眉，向吳文彩詢問，吳文彩只說沈大人睡得晚，已經叫人去叫了。

只是這一叫，卻足足等了半個時辰，沈傲哈欠連天的下來，喝了口茶，總算打起了幾分精神，橫掃遼人們一眼，慢吞吞的道：「耶律將軍帶著這麼多人來，不知還有什麼可以見教的？」

耶律大石道：「國書中的割地事項，我大遼斷不能接受，你們所要求的四個州，相當於讓我大遼將一道的南京道拱手相讓，貴國倒是打得好算盤，只不過我大遼皇帝陛下已有明喻，大遼寸土不讓。」

沈傲拍手叫好：「好，好一個寸土不讓，熱血沸騰，叫人爲之扼腕，只這一點，便可知道契丹人還沒有失去血性！」他笑了笑，繼續道：「只可惜，契丹人的智慧，卻讓我不以爲然，耶律將軍可知眼下契丹人的境況嗎？」

耶律大石冷著臉道：「你要說就說。」

「你們契丹人已經危在旦夕，沒有大宋的支持，明年開春，就是契丹人被斬盡殺絕之時，到了這個時候，耶律將軍認爲自己還有資格講條件。」他板著臉，大喝道：「我已經忍受夠了，之前那耶律珩侮辱於我，我看在兩國邦交的份上不予理會，這是第一步退讓；此後在稱臣的事務上，我又做了第二步退讓，現在將軍是見我好欺嗎？」

沈傲說出這番話，倒像是自己吃了虧很委屈似的，怒不可遏的站起來，拂袖要走：「割地之事不容商議，若是你們不將四州拱手相讓，那麼我大宋就自取吧。」

耶律大石臉色頓黑，怒道：「沈學士，我也告訴你，割地絕不容許，大宋若想來取，悉聽尊便！」

沈傲哈哈一笑，踏步便走，突然又旋身回來，笑吟吟的道：「買賣不成仁義在，既然談不攏，過幾日沈某人就回汴京去。」

耶律大石心沉下去，此時卻不得不硬著頭皮道：「沈學士既然要走，鄙人就不送了。」

沈傲很親暱道：「雖然你我各為其主，耶律將軍的為人，本使卻很敬服，不知這一去，下一次相見時又是什麼光景，但願不要兵戎相見才好。」

耶律大石不知沈傲為什麼要發出這樣的感慨，心裏想，他莫非是要示弱？不，不對，此人狡詐詭異，絕不會輕易束手。他一時摸不透沈傲的路數，只好道：

「與沈學士為敵，也是鄙人不願看到的事。」

沈傲握住他的手，又是唏噓又是感嘆：「是啊，是啊，這幾日與耶律將軍爭鋒相對，學生早已生出惺惺相惜之心，咳咳……耶律將軍不會認為學生此舉孟浪吧，其實學生對耶律將軍的拳拳愛國之心，已是萬分的佩服。」

耶律大石：「……」

這個人實在過於詭異，就在剛才，他還和這傢伙咆哮翻臉，一轉臉，這沈傲就換上

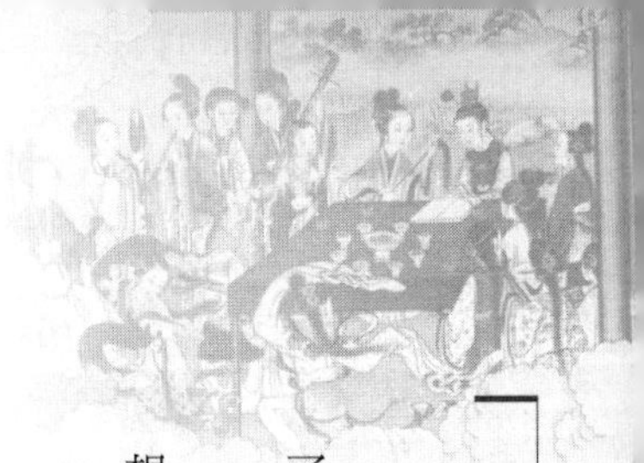

了一副敬仰的姿態，低聲下氣，讓人摸不透他的意圖。耶律大石有一種不太好的預感。

沈傲嘆了口氣：「到時你我天各一方，學生有一樣禮物要送給將軍，將來將軍若是想起了我，睹物思情，見了此物，就能想到我那倜儻瀟灑的風姿，也算你我沒有白相交一場了。」

耶律大石：「……」

非但是他，便是吳文彩，此時臉色也有點僵硬，堂堂國使，拉著人家的手說這種曖昧不清的話，傳出去只怕有礙視聽，拼命咳嗽幾聲，提醒沈傲注意形象。

沈傲從腰間掏出一塊玉佩來，交在了耶律大石的手上：「耶律將軍，保重！」

誰知耶律大石看了玉，臉色煞白，呼吸開始急促起來。

這塊玉就是化成灰他也認識，這是狼玉，是契丹人製造的一種玉器，而狼玉的功效只有一個，就是祭祀。契丹人崇拜狼，人死之後，會在各種陪葬的器物雕刻上狼紋，因此來證明墓主人生前的勇武。不過，狼玉卻只有一種人可以享用——皇帝。

那麼問題就顯而易見了，既然是陪葬物，爲什麼會出現在沈傲手裏，只有一種解釋，那便是遼國皇帝的墓葬已經被人盜掘，至於被什麼人盜掘，已經不用猜測了。

耶律大石也是遼國的宗室，他是遼太祖耶律阿保機八世孫，祖墳被挖，一時心如刀絞，差一點兒一口氣提不上來撒手人寰了。

「沈學士從哪裡得來的佩玉？」耶律大石顫抖著聲音道。

沈傲笑得很純真，其實除了偶爾耍點陰謀詭計，勾搭幾個無知少女之外，沈大才子大多數時候還是很純潔的，因此這個表情根本不必去裝，自然流露出天真浪漫的笑容：「是一個朋友送給我的，這個朋友很仗義，而且給我許諾了很多好處，這個好處，就是耶律將軍也給不了我。」

是金人！

耶律大石眼眸中閃過一絲濃重的殺機，基於判斷，他已經明白了，金人挖了大遼的宗廟，隨即將陪葬之物拿出了一部分送給了沈傲，以此希望賄賂他，讓他力主聯金侵遼。

耶律大石突然抽出腰間的寶刀，大喝一聲，眼眸通紅的用舉刀指向屋梁，聲嘶力竭的大喝：「金狗，耶律大石與你們誓不兩立，不共戴天，今日之仇，耶律大石必十倍、百倍奉還！」

沈傲嚇了一跳，連忙退後：「耶律將軍，金人還是很好的，又豪爽又大方……」

耶律大石紅著眼睛打斷他：「金人能給你的，我大遼一樣也能給！沈學士，鄙人先行告辭，待稟明陛下，再斟酌割地之事。」滿腔悲憤，竟是全不理會眾人的詫異目光，疾步離開。

沈傲心裏直樂，跟在耶律大石身後，搖著手道：「耶律將軍慢走，耶律將軍常來！」

正主走了，遼人官員們也不便再留，紛紛告辭而去。

第一四二章
大人高明

論談判的規則，沈傲一竅不通，可是論起沈傲的陰謀詭計，當真是一個接著一個，

吳文彩嘆了口氣，苦笑道：「大人高明！」

沈傲很謙虛的道：「過獎，過獎，只不過比大多數人高明那麼一點點罷了。」

沈傲笑嘻嘻的坐著喝茶，一旁的吳文彩道：「大人，方才到底是怎麼回事？」

沈傲心情很好，也不介意洩露天機，道：「我僞造了一件遼人的殉葬品，是契丹皇族下葬時的重要冥器。耶律大石看了之後，吳大人以爲，他會是什麼感受？」

吳文彩琢磨著沈傲的話，眼眸一亮：

「既是皇族的殉葬品，契丹人的皇族墓葬就在臨潢府一帶，如今已爲金人所占，耶律大石看了那玉，心裏就明白，金人將他們的宗廟和祖先的骨骸毀了，挖人墓穴，最是陰毒不過的事，若說契丹人被金人殺得一敗塗地，或許還只是國仇；可是連祖墳也被金人挖了，那更是奇恥大辱，難怪那耶律大石如此激動，換作是下官，只怕早已不想活了。」

古人對祖墳是極爲看重的，契丹人受漢人影響，也早已潛移默化，祖墳給人挖了，這還了得，耶律大石方才的表現，已是十分克制了。

沈傲呵呵一笑，道：

「拿出了狼玉，耶律大石的方寸已亂，現在他只怕再冷靜，也一心要向金人討還血債，可是以契丹人的國力，除了向我大宋妥協之外，莫說是報仇，旦夕之間，他們連自保之力都沒有。所以他們別無選擇，相信很快，割地之事就能水到渠成。除此之外，吳大人想一想，金人送了我狼玉，耶律大石會怎樣想？他一定會想，金人一定在千方百計的籠絡自己，若是他們不能接受我們的條件，或許在下一刻，我們會倒向金人，真到了那個時候，遼人的亡國之禍也就不久遠了。金人既然挖了他們的祖墳，那麼金遼之戰已不再是單純的國戰，而是滅族之戰，爲了契丹人不至被斬盡殺絕，他們除了向我們妥協，去和金人拼命，難道還有選擇嗎？」

論談判的規則，沈傲一竅不通，可是論起沈傲的陰謀詭計，那當真是一個接著一個，連綿不絕，連如此陰毒的辦法都能想到，吳文彩嘆了口氣，苦笑道：「大人高明！」

沈傲很謙虛的道：「過獎，過獎，只不過比大多數人高明那麼一點點罷了，吳大人不要將這個秘密外傳出去，沈某人最不喜歡的就是虛名。」

「……」

狼玉的效果很快得到顯現，雖只是一塊小小的玉，但背後卻隱藏著讓契丹人不得不正視的問題。同時，南京城中一片哀鴻，連宗廟都給人挖了，那些貴族的祖先墳地又有多少能夠保存？

祖墳被人挖了，那麼唯有報仇，因此，當日耶律大石入宮見了遼帝，隨即他們很快意識到，一個振奮士氣、同仇敵愾的辦法可以很快出籠。

三天之後，這個消息已經傳遍了大街小巷，契丹人紛紛義憤填膺，勇氣戰勝了怯弱，都恨不得立即去尋金人決一死戰。

第四天的清晨，滿是倦容的耶律大石來到了萬國館，看著這個洋洋得意的宋使，他吁了口氣，無力地道：「沈學士，陛下已經同意了敝國的要求，願意割讓灤州、營州、薊州、平州，兩國攻守邦約，永結同好。」

沈傲頷首點頭：「如此，宋遼議和總算是塵埃落定了，恭喜耶律將軍。」他笑嘻嘻地恭喜，倒像是契丹人占了大便宜一樣，惹得耶律大石臉部上的肌肉抽搐連連。

吳文彩在旁喜滋滋地捋著鬍鬚，心裏想：談妥了這一條，便是曠世之功，陛下定然龍顏大悅。

收復四州的意義對於大宋來說確實不容小覷，對於趙佶，更是一件天大的喜事，趙佶自詡豐亨豫大，便是形容自己治下富足興盛的太平安樂景象。

這樣一個好大喜功的皇帝，不費吹灰之力就得了燕雲四州，相當於後世河北、天津的一部分土地，燕雲十六州的四分之一，其喜悅之情，可想而知。

其實四個州並不算多，可是聯繫到大宋開國的典故，得到四州的政治意義就不同了。

當年宋太祖皇帝在的時候，面對契丹人鐵騎由燕雲十六州疾馳而至的威脅，不得不在汴京附近廣植樹木。爲了收復燕雲，曾在內府庫專置「封樁庫」，打算用金錢贖回失地。此後太宗皇帝即位，親自移師幽州，試圖一舉收復燕雲地區，在高梁河與契丹展開激戰，宋軍大敗，宋太宗中箭，乘驢車逃走，兩年後瘡發去世。之後北宋與遼進行了長期的戰爭，一直未能佔領此地。

也就是說，連太祖太宗這樣的牛人，尚且沒有從契丹人手裏占到便宜，而趙佶卻不動刀兵，不使錢財賄賂，就輕而易舉地將它們劃入囊中，豐亨豫大只怕已經不能滿足這位趙家天子了，什麼文成武德、十全老人還差不多。

吳文彩心裏唏噓一番，心中已經明白，回到汴京，就是沈傲升遷之時，自己身爲副使，只怕也能沾些光，那禮部侍郎的空缺，他一直惦記著呢。

耶律大石走了，沈傲霍然起身，激動地道：「大功告成，吳大人，你立即準備回汴京，通知邊關將士，與契丹人換防。」

吳文彩連忙道：「是，大人！不過，大人還打算繼續留在這裏嗎？」

沈傲呵呵一笑道：「那耶律大石臨走時說遼國皇帝在三日之後將在宮中設宴，邀請我去參加，所以我暫時還不能回去。況且議和之事還沒有定下來，也難保遼人不會有什麼小動作，我在這裏看著，才能讓他們不耍花招。吳大人，一切拜託你了。」

吳文彩連忙應下。

這一次議和，收穫極大，待這個消息傳出，南京頓時轟動起來，契丹人自是沮喪不已，而漢人歡欣鼓舞。自此，整個燕雲暗流湧動，一件匪夷所思的事出現了。

其實這件事確實出乎了所有人的預料之外，卻又在情理之中，整個燕雲開始出現大批的流民，許多人拋棄了土地，帶著僅剩的家資，竟是紛紛往灤州、營州、薊州、平州湧去。

這些流民本就是漢人，如今金遼之戰隨時爆發，兼且契丹人的壓迫，使得他們早已不堪重負，如今得知四州將要歸宋，便一個個看到了希望，紛紛前往四州，等待宋軍收復接防，如此一來，只要到了四州，慢慢等待幾天，他們便可從遼人搖身一變成爲宋人，這個買賣……值！

契丹各部接到了關防奏報，自然也緊張起來，眼下正是多事之秋，沒有了漢人，糧草從誰家手裏徵集？軍餉從哪裡籌措？就是抽丁，又到誰家尋去？若是坐視不管，大遼從哪裡來的可募之兵？誰來給他們耕種？於是，立即發文各關隘，圍追堵截，借著防備流民滋事的名義，開始阻撓。

最好笑的是，這個命令發出，非但沒有堵住人，反倒連軍隊也開始逃了，不是散兵游勇地南逃，而是成批成批有組織地逃跑。

遼國的軍制比較複雜，大體上包括宮帳軍、大首領部族軍、部族軍、五京鄉丁和屬國軍幾部分。宮帳軍即遼國禁軍。是保衛南京的親信衛隊。此外，部族軍則是主要由一些親王大臣的部族組成。其兵力多者千餘人，少者數百人，比如耶律大石，擁有的部族軍就有四千，且能征慣戰，很是驍勇。

不管是宮帳軍還是部族軍，這些人大多數還是由契丹人組成，戰鬥力較高，如今戰事吃緊，除了一部分駐守南京，大多數被調去了金遼邊境，燕雲之內的軍隊，大多是由五京鄉丁和屬國軍中的山北八軍組成。

五京鄉丁是帶有鄉兵性質的地方武裝，由籍隸上京、中京、東京、西京、南京的民丁組成，有番漢轉戶，也有漢族農民。他們在作戰時，僅從事些輔助性的工作，如隨軍塡修道路，砍伐樹木等。經過時間的流逝，鄉丁的組成中，漢人比例逐漸增加，而番人越來越少。

至於屬國軍中的山北八軍，幾乎是遼國的漢軍武裝，依靠這兩支漢人的武裝去堵截流民，其結果就是這些漢軍二話不說，撒了腳丫子混入了流民隊伍。

不管是鄉丁還是山北大軍，一直都是地位最低的部隊，大多是強抽來的男丁，再加上金遼戰爭早晚爆發，這些人極有可能也會調往北方去爲契丹人賣命，在這種情況之下，還是去做宋民更划算一些。

事情到了這個份上，契丹人惱火了，立即調集南京城內的宮帳軍四處出擊，既然漢軍信不過，只能動用禁軍了。

只是這個時候，沈傲卻站了出來，屢屢到禮部、鴻臚寺、樞密院四處抗議，他這一番攪和，總算讓契丹人收斂了一些，至少不敢大張旗鼓地去截人。如此一來，整個遼國的轄地裏，竟是十室九空，尤其是城外漢民居住的地方，一片荒蕪。

正當沈傲上下忙活之際，一份請柬送了來，被邀請的人自然是沈傲，只是邀請人卻是旋闌兒，在沈傲眼裏，這個旋闌兒全身上下都透著一股神秘，他想了想，決心赴約。

第二日正午，雪花總算停了，只是那呼呼的寒風仍然嗚嗚作響，吹得人睜不開眼睛，沈傲穿著寬厚的皮裘，帶著幾個禁軍到了清樂坊。

通報之後，便有一人下來，這是個相貌堂堂的年輕人，年輕人生得很魁梧，雖是這冷冽的天氣，仍然穿著一件輕便的長褂馬褲，朝沈傲上下打量，道：

「沈欽差，我們好像在哪裡見過？」

沈傲呵呵一笑：「你就是當晚在花石船的刺客？」

年輕漢子哼了一聲，顯然對沈傲玩弄他的事耿耿於懷，甕聲甕氣地道：「沈公子請上樓吧，我家師父在等你。」

上了三樓，穿過一道珠簾屏障，沈傲原以為佳人相約，至少二人對案酌飲著美酒的待遇是有的，只是待掀開最後一重珠簾，一時竟是呆住了。

不大的房間裏，站著不少人，有老有少，旋闌兒紫釵羅裙被簇擁在中間，她的身材本就高挑，體態輕盈，如鶴立雞群，舉止端莊嫻雅地看著沈傲，美目流盼，一顰一笑之間流露出一種說不出的風韻；宛如一朵含苞待放的牡丹花，美而不妖，豔而不俗，千嬌百媚，無與倫比。

沈傲汗顏，原以爲會有什麼豔遇，誰知興沖沖地進來，竟被人圍觀了，他目光一掃，與旋闌兒對視一眼，眼神閃出不悅，隨即目光落在旋闌兒身邊的顰兒身上。

顰兒仍是穿著緊衣馬褲，將高高隆起的雙峰凸顯得更是堅挺，她見了自己，表情淡然，一副「我和你很熟嗎」的樣子。

一個，兩個，三個……十五個……二十一……沈傲心裏默數著，忍不住心裏罵：「被人圍觀了，這些傢伙是不是拿我當猴子看待？」

只這片刻的愣神，旋闌兒突然蹲下身來，給沈傲福了福：

「闌兒見過沈學士，更替燕雲十六州的百姓謝過沈學士的大恩大德。」

旋闌兒起了頭，後頭的人紛紛行禮，這個說：「沈學士義薄雲天，智計百出，今趟爲我們燕雲的漢人出了一口惡氣。」

那個道：「沈學士所作所爲，在下敬服得很，請受在下一拜。」

鬧哄哄的場面讓沈傲目瞪口呆，他立即明白，他這一次算是入了賊窩了，如無意外，這些人應當就是傳說中的好漢，見他們都向自己行禮，沈傲很清楚這個時候千萬要矜持，亡命之徒惹不得，拱手回禮道：「諸位客氣，客氣……」

眾人坐定，沈傲心裏已有了計較，從他們的裝束和談吐，這應當屬於一個暴力集團，集團的頭目就是旋闌兒，這一點，倒是出乎沈傲的意料，一個年方雙十的女子，竟被人尊為首領，實在令人匪夷所思。

不過沈傲也不敢小覷他們，別看他們裝束各異，有的是莊稼漢打扮，有的則是穿著圓領員外衫，由此可見，他們的成分很複雜，有道士有和尚，有商賈也有腳夫，還有幾個穿著藏色狐裘，氣定神閒地坐在靠牆的矮凳上，看這氣度，倒有幾分老大爺的姿態。

其中一個，沈傲居然還認識，喂，那個不就是那個誰誰誰嗎？沈傲記得太清楚了，這傢伙還陪耶律大石與自己談判，應當是遼國鴻臚寺的官員，和自己居然是同行，只是天知道這傢伙原來還是個幫派分子。

落座之後，旋闌兒咬著唇，上下打量沈傲一眼，道：「沈學士覺得很奇怪嗎？」

沈傲想了想：「不奇怪，只是沒想到闌兒小姐會在這個時候與學生開門見山，坦誠相見。」

旋闌兒輕輕一笑，她這一笑，風情萬種，與方才的端莊截然不同，道：「沈學士為何如此說？」

沈傲正色道：「那一日闌兒小姐與我……咳咳……交流人生經驗時，我就已經看出了幾分端倪，我知道，闌兒小姐是犯官之後，後來悄悄使人去打聽，才知道你爹犯的乃是私通宋人，這就容易理解了，龍生龍、鳳生鳳，老鼠……不，好漢的女兒自然是讓人敬服的江湖兒女。」

沈傲大汗，還真不知該如何形容旋闌兒的職業，隨即道：

「既然你的父親因為這件事而遭了難，闌兒雖是女流，繼承其父的遺志也並沒有什麼不妥。」

旋闌兒聽到他說起自己的父親，眼眸中不知不覺噙著一團淚水，幽幽地道：

「沈學士果然聰明，我的父親乃是遼國刑部侍郎，他雖為契丹人效力，可是暗地裏一直從事反遼活動，為了驅逐契丹人，他偷偷地建立了復興社，因為是刑部侍郎，所以擁有調度犯案卷宗的權力，所以從前那些從事反遼被捕的好漢一旦落難，他便會想盡辦法施以援手，如此一來，越來越多志同道合的人與父親一起，最後父親被契丹人發現，因此入獄被殺，這些人都是復興社的骨幹，他們謹記我父親的恩德，所以推我為首領……」

她像是在向人傾訴，一時黯然，一時垂淚，有時又突然抬起眸來，眼眸中有一種無比的堅定。

沈傲這才知道，這個復興社確實是一個不容小覷的力量，事實證明，有了刑部侍郎這個保護傘，這種暴力集團要壯大是很容易的，再加上契丹人不得人心，旋闌兒的父親只經營了十年，就已經發展了一千多人，這些人真正厲害之處就在於無所不在，有的是江湖高手，有的在各衙門公幹，有的滲透進了山北八軍，還有做買賣的，開賭場的，其中有一個最是萬惡，竟是遼國宮廷裏的太監。

這些人無孔不入，刺探情報，刺殺一些重要的契丹貴族，組織極爲嚴密，在平日裏，大家各司其職，便是旋闌兒，也還是做她的名妓，可是一旦有事，立即約定暗號，分派人手，展開行動。

他們雖然散落在遼國各地，可是人手卻極爲充沛，一千多人還只是內部的正式成員，外圍組織亦是不少，就算舉事，也可聚眾數千人以上。

沈傲看著這些各色各樣的人，倒是沒什麼好感慨的，這種集團見怪不怪，後世的白蓮教其實與他們的性質差不多，不過白蓮教以鬼神來凝聚信徒，而所謂的復興社是用反遼來作爲團結的口號而已。

旋闌兒見沈傲處變不驚的樣子，不由地生出了幾分佩服之色，幽幽道：

「沈學士，今次請你來，一是想請沈學士回到汴京，能夠報之大宋朝廷，派出人與我們聯絡，如此，我們刺探來的情報才有價值，以沈學士的能力，這件事不過舉手之勞，不知沈學士肯答應嗎？」

沈傲想了想：「並無問題，我一定將此事上達天聽，陛下若是得知此事，定會龍顏大悅。」

屋裏的眾人俱都露出喜色，紛紛道：「這就太好了……」

旋闌兒感激地看著沈傲，繼續道：「至於這第二，便是借此感謝沈學士，還有一件事，要坦言相告。」

沈傲見旋闌兒面色沉重，心知一定是大事，道：「學生洗耳恭聽。」

一大清早，便有遼國宮中的車輦來了，請沈傲入宮，沈傲穿戴一新，裏頭穿著厚重的襖子，外頭則穿著朝服，戴著翅帽，帶著幾分大宋的威儀，徑直進入宮中。

到了宮門口，遠遠看到了耶律定，今日的耶律定紅光滿面，見了沈傲過來，立即小跑著迎過來，握著沈傲的手，道：「沈學士來得正好，我們一起入宮。」

沈傲笑了笑，和耶律定一邊攀談，一邊進入宮室。南京本不是契丹人的國都，所以只有一座不大的行宮，如今臨璜府被金人侵佔，耶律大石等人倉皇擁戴耶律淳爲帝，只好收拾了這行宮，勉強讓耶律淳住進去。

因此這宮殿並不大，自也比不得汴京的皇宮那般富麗堂皇，幾處閣樓院落，似乎還沒有修葺完工，隱隱能聽到太監監督下吆喝工匠的聲音。

耶律定踩在這滿是積雪的石磚上，對沈傲道：「沈學士，上一次清樂坊的事……」

沈傲連忙道：「不打緊，不過是場小誤會而已，我出言頂撞了耶律兄，已是心中有愧了，耶律兄，那一日我也是情急，望你不要見怪。」

耶律定笑呵呵地道：「這便好，這便好。」

二人一道進入一個偏殿，顯然遼國皇帝耶律淳還沒有到，所以他們先在這裏等待，過了片刻，又有幾個遼人進來，見了耶律定，紛紛過來行禮，只是對沈傲態度卻冷淡了許多，一個個故意當沒有看見他。

之後來的人越來越多，也有幾個漢官，這幾個漢官對沈傲顯得更不待見，一個個剜了沈傲一眼，大有一副要生啖其肉的架勢。沈傲連看都不看他們一眼，走狗大多如此，不表現出對自己無比的痛恨，又怎麼證明他們對主子的忠誠。

耶律大石姍姍來遲，見了沈傲，也只是淡然地打了個招呼，便去接受眾官的奉承了。

待正殿傳來鐘鼓聲，眾人才紛紛出了側殿，魚貫進入正殿，正殿裏燈火通明，一條條桌案擺放在大殿四周，沈傲是客，與耶律定一起安排在了左手第一個位置，與耶律大石和一個契丹高級貴族遙遙相對。

待上了酒菜，便聽到一陣劇烈的咳嗽，一個戴著圓穹頂暖帽，披著黃色毛氈的人在太監的攙扶下徐徐進殿。

契丹人紛紛道：「見過陛下。」

沈傲只是站起來拱拱手，便算是行了禮。那人危顫顫地被人攙扶上了金殿，落座之後，一雙昏暗的眼眸看了沈傲一眼，不知是喜是怒，許久才舉杯道：

「宋使遠道而來，朕先乾爲敬，敬宋使一杯。」

雖然契丹人已經大部分漢化，可是仍保留著一些北方的痕跡，比如喝酒，就沒有大宋宮廷的諸多規矩，皇帝敬酒，也並非是什麼了不得的事。

眾人見耶律淳舉起了酒盞，紛紛舉杯，沈傲笑吟吟地舉杯道：「陛下太客氣了。」一杯酒下肚，便有樂坊的舞女進來跳舞，耶律定在旁頻頻敬酒，他顯得有些心神不屬，時不時看向金殿上的皇兄。

耶律淳似是碰到了煩心事，敬過沈傲之後，便自飲自酌，再不理會他人，只是他身體顯得有些弱不禁風，每一杯酒下肚，便忍不住拼命咳嗽，惹得一邊的太監不停地用汗巾去爲他擦拭酒漬。

對面的耶律大石，則是與身邊的契丹貴族談笑風生。

這一場酒宴，有些詭異，表面上是宴請沈傲，背後卻又好像被有心人掐算好了，誰也不知道下一刻會發生什麼。

耶律淳又叫人倒滿了酒，已是有些醉醺醺了，只是他拼命咳嗽，似乎快要連肺葉都要咳出來，想起宗廟被毀，金人環伺，如今又有宋人步步緊逼，他便再也提不起多餘的興致，很是蒼涼地嘆了口氣，舉起手中的酒杯又是一口倒入口中，原本料定要重咳幾聲，可是一下子，他的精神卻突然好極了，就是臉色也比方才紅潤了許多。

「這是什麼酒，爲何比方才的酒更加甘甜？」

耶律淳心中生出幾分疑惑，看了身邊的太監一眼，這太監卻是冒著冷汗，連手都不禁打起抖來，一雙眼珠如死魚一般盯著耶律淳，看他的反應。

頭痛欲裂……

耶律淳下一刻才發現自己的頭就像被千斤巨錘狠砸一般，痛得他差點要昏死過去，他眼眸中閃露出駭然，突然將御案推翻，隨即一個趔趄，仰面倒下，雙腿還在不斷抽搐。

這個變故，頃刻間讓整個殿堂鴉雀無聲，所有人都駭然的看著金殿之上那個口吐白沫的耶律淳，有的目露驚駭，有的卻是無動於衷。

「啊……」身邊的太監立即向後退步，驚駭地大吼：「陛下歸天了！」

只這一剎那的呆滯，所有人一下子又變得哄亂起來，有人要衝上殿去探查，有的去請太醫，還有舉棋不定的，在殿中團團轉。

這個時候，沈傲身邊的耶律定霍然而起，朗聲道：「肅靜！所有人各歸原位！來人，去叫太醫來！」

這般鎮定的一喊，讓所有人都靜下了心，紛紛回到原坐，耶律定飛快地奔到金殿上，查了查耶律淳的脈搏，又探了鼻息，猛地大哭道：

「皇兄……皇兄……」

這一聲哭喊，讓原本安靜的貴族、臣子又躁動起來。

正在這個時候，一陣陣咚咚的極快腳步聲傳來，腳步的聲音整齊劃一，片刻之後，一名宮帳軍將軍按著刀進來，大喝道：「不知發生了什麼事？」

殿中之人一時愕然，他們的眼眸突然怪異起來，不由得想起了一個鐵律：「不經傳召，宮帳軍不得入殿。」可是這個將軍好大的膽子，竟敢帶兵入殿，難道他不怕死嗎？既然人家來了，當然有所倚仗，沒有人會做蠢事，能坐在這裏推杯把盞的，哪一個都不是省油的燈，立即恍然大悟，這一切都是安排好的，只是這幕後之人是誰？

不用去想了，因爲答案很快就可以呼之欲出。

有人高聲道：「將軍爲何帶甲入宮，莫非不知太祖定下的鐵律嗎？」

這將軍冷哼一聲，看都不看那人一眼，緊緊握住腰間的刀柄，大喝一聲，更多的宮帳軍蜂擁進來。

耶律定站起身來，朝那宮帳軍將軍大喝道：「大膽，身爲禁衛，豈能帶甲入殿，耶律洪，速速帶你的兵退出去！」

叫耶律洪的將軍恭謙的朝耶律定行禮，道：「遵命！」

大手一揮，已帶著數十個甲士退了出去。

殿中之人再蠢也明白，耶律洪的背後就是耶律定，方才耶律洪誤闖金殿，便是要透出一個信號，在這金殿的外圍已經被禁軍全部包圍，而耶律洪顯然只聽從耶律定的命令。

但凡是聰明人，立即明白了是怎麼回事，許多人反而鎮定下來，眼睛齊刷刷的望向耶律定，到了這個時候，還是束手待變更爲要緊。

耶律定哭了一會兒，才轉過身去，他站在金殿上，環伺著階下的百官，從這個位置俯瞰他們，頓時生出萬丈豪氣。

兄終弟及，在大遼並不算什麼大不了的事，該演的戲也演了，人已經死了，活人還要繼續。他沉聲道：「皇兄的身體一向不好，今次突然暴斃，實在是憂憤成疾的緣故。」

這一句話算是給耶律淳的死定了性，見無人反對，他的眼眸閃過一絲得逞的狂喜，隨即道：「來人，將宋使沈傲拿下！」

第二句話，已經開始動干戈了，既可以拿人開刀來殺雞儆猴，此外，擺明是要將髒水潑到沈傲身上，皇兄憂憤成疾，爲什麼憂憤？這還不簡單，不就是被這沈傲氣死的嗎？身爲皇弟，耶律定爲兄報仇，如此一來，他的合法性就可得以聲張，另一方面，在朝臣之中，又可以博得那些不滿宋使囂張跋扈之人的好感。

要談，先拿住了沈傲再和宋人去談，這便是說，耶律定非但要推翻一切議和的條款，更打算連沈傲也一道端了，拿了沈傲做人質，讓宋人投鼠忌器，再派使者來，就多了一個籌碼。

這雖然冒著風險，可是耶律定本就不是個安分的人，他嘴角勾起，雙眸彎彎的似在笑，但笑意卻讓人感到冰冷，直視著沈傲，心裏略有得意，一路從汴京過來，他低聲下氣、委曲求全，今日總算可以一次爆發出來，什麼學士、欽差，今日叫你嘗嘗我的厲害。

沈傲好整以暇的仍舊在喝茶，笑呵呵的道：「耶律兄這是什麼意思，你是說，是我氣死了你的皇兄？」

耶律定冷笑道：「沈學士的口舌厲害得很，不過到了現在，你就是有三寸之舌，只

怕也救不了你了。人呢，快進來！」

這一聲大喝，又驚動了外頭的甲士，幾個甲士要進來拿人。沈傲心裏嘆了口氣，眼睛落在對案的耶律大石身上，對耶律大石道：

「耶律將軍，你現在還不出場，還要等到什麼時候？」

第一四三章
第一功臣

蔡京立即將他扶住，含笑道：

「沈學士乃是天下第一功臣，老夫豈能受你的大禮，

你這番去遼國，定是旅途勞頓，本該好好歇歇，

所以老夫也就不耽擱你的時間了，你現在隨我入宮，覲見官家吧。」

他這一句話有些莫名其妙，耶律大石卻是聽懂了，霍然而起，厲聲大喝：「祖宗之法，甲士不可入金殿，違者殺無赦！」

幾個剛要踏入金殿的甲士嚇了一跳，眼見耶律大石凶神惡煞的模樣，更是魂不附體，連忙將腳縮了回去。

耶律大石在軍中威望極高，又掌握軍權，這些甲士誰不怕他？一個個戰戰慄慄，再不敢入殿一步。

耶律大石隨即望向耶律定，猶如那盯著螳螂背後的黃雀，眼眸深邃嚴厲，一字一句道：「陛下是怎麼死的？」

耶律定原以爲耶律大石不會插手，至少在這個節骨眼上不敢輕舉妄動，可是見他突然挺身而出，頓時心裏沒了底。

今日當值的禁軍首領是他的心腹，他咬了咬牙，冷笑道：「耶律大石，你想造反嗎？來，先拿了沈傲，若是耶律大石敢無禮，將他一併拿了。」

沈傲大笑，不斷搖頭，道：「耶律兄啊耶律兄，你認爲耶律將軍會在沒有把握的時候向你發難嗎？你真是太愚蠢了，耶律將軍，你也不必賣關子了，給他一點顏色看看吧。」

耶律大石逼視耶律定，一步步走上金殿。

這金殿上，二虎相爭，都知道到了這個時候，絕沒有一個人能活著走出這裏，二人一個殺機騰騰，一個已做好了奮力一搏的打算，耶律大石大喝道：

「還等什麼，出來！」

這一聲大吼，外頭的甲士突然傳出一陣陣抽取兵刃的聲音，就聽到方才那個帶兵的耶律洪驚詫的道：

「正保，你……你……原來你是耶律大石的人。」

殿外的架勢暫態一分爲二，竟是相互對峙起來。耶律大石繼續道：

「我已經下了調令，衛戍八門的宮帳軍差不多在這個時候已經包圍了宮殿，耶律定，你還有什麼話說？」

耶律定臉色驟變，他實在想不到，自己苦心經營的計畫，竟早已在耶律大石和沈傲的算計之中，咬咬牙，冷笑道：

「你勾結宋人，害了我的皇兄，現在還想來害我嗎？」

群臣紛紛交頭接耳，實在看不透今日詭異的局面，那耶律淳的屍骨仍在，可是人走茶涼，誰也不再注意他。

耶律大石冷哼一聲，道：「來，將人帶上來！」

從後殿突然走出幾個太監來，這幾個太監身強力壯，一同押著一個太監到了金殿，被押解的太監已是面如土色，見了耶律大石，忙不迭的叩頭：

「將軍饒命，饒命……」

「你說！」耶律大石看都不看他一眼，一雙眼睛仍舊盯住耶律定，臉上已經洋溢出勝利的微笑。

「是，我說，我說，五皇子暗地裏給了我黃金五十兩，叫我在陛下平時飲用的飯菜中下一種毒藥，這種毒藥無色無味，也不會立即發作，只有飲酒過多的時候，才會突然暴斃。將軍，小人也是受耶律定的脅迫，請將軍饒命！」

「你，胡說！」耶律定厲喝一聲，一腳將那太監踢翻，到了這個時候，他突然發現，金殿下的群臣，突然用一種怪異的眼神看著自己，就是那沈傲，更是囂張露骨，那眼神似在告訴他：你死定了！

殿外的甲士此時也紛紛混亂起來，這些宮帳軍跟著耶律洪包圍金殿，不過是執行命令，可是當他們得知要跟著耶律洪去弒君謀反，卻又是另外一回事；頃刻之間，眾人七手八腳的將耶律洪擒住，殿外只傳來耶律洪的怒吼聲。

一場宮變，來得快去得也快，作爲見證人，沈傲情緒穩定，坐回位上，繼續喝酒吃菜。

能得知耶律定的計畫，完全是旋闌兒的功勞，他們在宮裏也有人手，沈傲一分析，立即就猜測出下手之人，其實很簡單，耶律淳死了，誰得到的好處越多，誰就是策劃者。於是他連夜去與耶律大石密議。

耶律大石只是淡淡然的回了一句：「知道了！」

這一句知道了，隱含著很多意思，其中最重要的一點是，他已經知道，不過耶律定的計畫將如期進行，也就是說，耶律淳一定要死，而且是爲耶律定毒殺。

聽了這三個字，沈傲不由遍身寒意，這個耶律大石，只怕也不見得忠於耶律淳，像他這樣的人物，又怎麼可能會效忠任何人。

放任耶律定弒君，隨後耶律大石再出來收拾殘局，近親皇族所剩無幾，這個時候，就該耶律大石閃亮登場了。

沈傲心裏苦笑，真不知道是自己在勾結耶律大石，還是耶律大石在利用他，不過沒有關係，只要能保證議和之事兌現，沈傲才不在乎誰被誰耍了。耶律大石想做皇帝，那就讓他做去吧。

耶律大石是個可怕的人，他弓馬嫻熟，精通軍事，更難得可貴的是，他雖是皇族，卻參加了遼國的科舉考試，並且還中了進士，因此，他的政治能力也非同凡響。

這樣的人，讓他出來收拾殘局，實在最好不過，金人很可怕，遼國若是沒有一個強人出來，遼國的覆亡只是遲早的事，這對於大宋也不是一件好事。

妙就妙在這個耶律大石對大宋永遠都產生不了威脅，他固然文武兼備，可是一旦他要做曹操，必然會遭到遼國內部的反對，一個被國人反對的人，要想穩固自己的地位，唯一的辦法就是引入外援，以此來打壓內部的反對聲音。

縱然他有天大的本事，不過也只是個石敬瑭罷了，石敬瑭白手起家，自立爲帝，誰能懷疑他的能力，可是他畢竟名不正言不順，內有人反對，外有各方諸侯環伺，於是不得不勾結契丹人，將契丹人引入關內，成爲漢奸的完美典範。

耶律大石現在的處境也是如此，割讓了四州，北有金人，南有大宋，西有西夏和西遼，哪一個都不是省油的燈，內部又立足不穩，在這種情況之下，若是再與大宋交惡，其後果可想而知。

沈傲回到萬國館時，整個萬國館已是冷冷清清，睡了一覺醒來，便聽到了宮裏傳來的消息，耶律大石果然要自立了，既然皇族都死絕了，耶律淳倒還有兩個兒子，只不過現在是多事之秋，總不能靠兩個半大的小子來光復契丹，在群臣的「推舉」之下，耶律大石一讓再讓，就是不肯要做繼承人，結果幾個不要臉的漢官竟是當殿哭得差點昏死過去，大呼若是耶律大石不登基，則大遼滅亡指日可待，所以耶律大石若是再拒絕，他們只能自殺。

戲演到這個份上，自然也該收場了，耶律大石和一些人演完了雙簧，便已經開始將安葬耶律淳和登基的事擺上了日程。

沈傲望著外頭的北風，心裏想：來了遼國這麼久，也該回去了。

他一時有些情緒低落，歷史改變成了這個模樣，天知道以後會發生什麼。不過有一點值得肯定，回到汴京，爲趙佶立下了如此功勞，不知皇帝給自己的封賞是否已經準備好了。

見證了耶律大石的登基大典，這一刻的耶律大石意氣風發，沈傲站在階下，聽著這老狐狸滿口先帝恩德，又怒斥耶律定的罪過，心裏覺得很是諷刺，如果那一日他提前向耶律淳提出警告，耶律淳也就不會死，表面上，先帝是被耶律定弑殺，其實耶律大石也脫不了干係。

登基大典之後，耶律大石在後殿接見了沈傲，二人默默對視，兩個老狐狸不需要說太多的話，已經能夠從對方的眼神中明白對方的意思。

耶律大石的意思是：但願你能夠保守這個秘密，只有我在，契丹人才會恪守雙方的約定。沈傲的意思是：大哥，這一趟我大老遠跑來也不容易，能不能隨便給點什麼土產讓自個兒帶回去。

汗，這個時候要土產，似乎有那麼一點點缺德，人家還在備戰呢，本來糧餉就緊張，不過沈傲這個無聲的要求還是很有道理的，你現在不敢殺我，嘴長在我的口上，你給不給封口費？

耶律大石突然大笑，沈傲的眼神讓他放心了，他最害怕的就是沈傲無欲無求，這樣的人是最危險的，因爲人有了私欲，自己才能滿足應付。

耶律大石如沐春風地問道：「沈學士打算什麼時候歸國？」

沈傲道：「就是這幾天。」

耶律大石噢了一聲，很是遺憾地道：「到時朕親自送你，除此之外，還備下了一些禮物，還請沈學士笑納。」

沈傲很謙虛地道：「陛下客氣了，我是國使，接受陛下的禮物只怕會受人非議，還是算了吧。」

耶律大石笑了笑，道：「只是一些土產，沈學士不必客氣。」

沈傲笑了起來，和聰明人說話就是不費勁，道了一聲謝，轉而道：

「陛下還有什麼話要說嗎？」

耶律大石道：「沈學士是人中之龍，我有一個女兒，待字閨中，只可惜年紀小了一些，否則一定許配給沈學士。」

送土產還準備打包送女兒？沈傲嘻嘻一笑，這位大遼的新主還真是大方，連忙道：「我家中已有四位妻子，打葉子牌都夠湊足一桌了，陛下的美意，沈某心領了。」

寒暄一番，沈傲退出遼宮，他知道耶律大石還有許多事要做，比如清除異己之類，這南京城中，不知有多少人要倒楣，又有多少人要人頭落地，不過不打緊，這和他沒有關係，回了萬國館，敦促人收拾了行囊，做好了回程的打算。

臨走時，免不了去清樂坊向旋蘭兒辭行，旋蘭兒並不急著和沈傲說話，只是拿出古箏來，彈奏一曲，待餘音繚繞，才滿是遺憾地吐了口蘭芳之氣道：「沈學士就要走了嗎？你我雖只有數面之緣，可是聽說沈學士要走，小女子還是頗爲不捨。」

她眼波一轉，看向沈傲，還真有幾分難以割捨的樣子。

沈傲也不知道她的話是真是假，笑道：「回到汴京之後，我會向陛下述說你們的事，只是蘭兒小姐如何和我們聯絡呢？」

旋蘭兒想了想道：「沈學士先去就是，到時我會叫顰兒去聯絡你。」

沈傲點了點頭，想要多坐一會兒，又覺得不是很合適，便起身告辭。

兩天之後，雪停了一些，使團終於離開萬國館，在銀妝素裹中出了南京，數十輛馬車緩緩而行，周圍是騎著馬的禁軍拱衛，後隊還有一支契丹宮帳軍遠遠尾隨。

一路風塵僕僕，沈傲在車廂裏時而想著心事，時而倒頭睡下，足足走了七八天，使團才抵達了薊州。

薊州本就是座古城，又距離宋遼邊界不遠，因此契丹人在此擴建了城池，如今南逃之人諸多，更是人聲鼎沸，城外到處都是流民行人。

宋軍已經先期抵達，就駐紮在城外，而城內的遼軍雖然萬般不捨，可是大勢所趨之下，也只能收拾行裝準備北歸，因此城外雖然熙熙攘攘，反倒城內竟是萬門緊閉。

臨走之時，契丹人的軍紀鬆散，搶掠事件不少，況且這薊州數日之後就要劃歸宋朝，因此也沒有誰干涉，也算是契丹人的最後一次發洩。

沈傲到了城外，先與城外的都虞侯見過了面，聽說了此事，頓時大怒，責問這都虞侯為何不管。

莫看沈傲只是個小小主事，可畢竟有欽差身分，況且沈傲的背景非同一般，這都虞侯嚇得面如土色，小心翼翼地道：

「契丹人即將換防，末將怕與他們衝突，惹出什麼變故，是以只好隨他們胡鬧。」

沈傲笑了笑，道：「隨我進城。」

進了城去，果然看到城內一片狼藉，沈傲親自到了契丹軍營，叫來了駐守的契丹將軍，板著臉道：「你們契丹人言而無信，到底想做什麼？」

沈傲的這一句沒來由的話，將這契丹將軍問懵了，言而無信？這是什麼說法？

那契丹將軍正想要爭辯幾句，沈傲冷笑連連地道：

「這幾日搶得很痛快是嗎？既然如此，我立即修書一封，和你們的新皇帝好好討論此事，不然你最好放聰明點，這議和是你們契丹人萬般懇求的，若是再敢縱容軍士劫掠，到時我要看看，爲了平息我大宋的詰難，你的新皇帝是砍了你的狗頭來息事寧人，還是撕毀議和約定！」

契丹將軍態度一下子軟了下來，連忙賠罪，又承諾整肅軍隊。

能嚇住這契丹將軍就好辦了，有的人就是這樣，你越是給他臉，他越是得寸進尺，你大罵他一通，他反倒收斂了。

沈傲不便停留，只問了些薊州的近況，又立即啓程。

這一路的顛簸，人都要散架了，全身乏力得很，有時實在受不得這車廂裏的沉悶，沈傲會走出車廂與周恆等人騎一會兒馬，等到了十一月末，汴京城終於遙遙在望。

騎著馬的禁軍一個個激動得揚鞭狂奔，沈傲撩開車窗的簾子向外看，一座巍峨的城池逐漸露出了輪廓，心裏不由地嘆了口氣，有一種歸心似箭的感覺，這一趟出使，歷經了整整兩個多月，疲憊到了極點，只想回到家中，好好沐浴一番，吃一頓飽飯，美美睡

一覺。

周恆策馬到沈傲的車窗邊，揚鞭指向前方道：「沈大人快看，亭驛那裏有許多人，想必是來迎接我們的。」

沈傲頷首點頭，待馬車到了城外，便看到許多官員早已在這裏等候多時，一個個喜氣洋洋，禮官帶著樂手奏起了禮樂，其中一個巍巍老者如沐春風地穿著紫衣，繫著魚袋，踏著靴子走過來，道：

「老夫奉陛下旨意，特來恭候沈學士。」

沈傲下了車，眼前的這位老者還是個老熟人，身段枯瘦，全身穿著一品公服，戴著翅帽，鬚髮皆白，唯有一雙眼睛，看似渾濁，卻有一種穩若泰山的氣勢。

「蔡太師怎麼來了，下官實在該死，豈能勞太師相迎。」沈傲笑呵呵地走過去，雙腿微微一屈，便要行禮。

當然，這只是做個樣子罷了，蔡京立即將他扶住，含笑道：

「沈學士乃是天下第一功臣，老夫豈能受你的大禮，你這番去遼國，定是旅途勞頓，本該好好歇歇，所以老夫也就不耽擱你的時間了，你現在隨我入宮，覲見官家吧。」

他把住沈傲的小臂，眼眸中掩飾不住對沈傲的欣賞，只是這個姿態，卻不知是真心還是假意；若說他是真心，以沈傲和蔡京的關係是斷不可能的，偏偏他和沈傲水火不容，可是面部流露出來的，除了對後生晚輩的欣賞再無其他，更沒有一點矯揉造作。

沈傲呵呵一笑，道：「太師如此老邁，更是辛苦。」

二人站在亭驛裏寒暄幾句，相互吹捧自是不可少的，隨後，沈傲被安排在一頂舒適的軟轎裏，隨著迎接的諸人進宮面聖。

軟轎裏很舒服，溫暖極了，還一股淡淡的麝香味，讓人聞之甚是颯爽；可是沈傲坐在舒服的軟轎裏，心裏卻生出了一個不好的預感。

蔡京起復了！這個老狐狸終究還是不安生，而皇帝顯然沒有忘記他，在這個時候，一切起復的障礙已經掃清，蔡京重新登上朝廷的舞臺。

「起復就起復吧，他要是敢來動我，本大人人擋殺人、佛擋殺佛！」沈傲心裏狠狠地爲自己鼓了氣。

軟轎穩穩當當地停在了正德門，無需通報，直接入宮覲見，蔡京是和沈傲一道入宮的，二人並肩而行，又是一陣不冷不熱的寒暄，蔡京突然道：

「沈學士，我家清符是你的同窗，你們又是好友，自該經常走動的，什麼時候有閒，便到府上來，老夫歡迎之極。」

清符是蔡行的字，他這般說，看上去好像是一個欣賞沈傲的家長，讓人一聽之下，心裏暖烘烘的，可是沈傲卻在心裏暗暗腹誹：同窗、還好友？老狐狸倒是真夠虛僞的。

沈傲正色道：「這個一定，學生一定去。」

蔡京又道：「此次你立了大功，老夫很是欣賞，所以這一次打算上疏，讓陛下下旨，一定給你厚重的賞賜，沈學士，你年輕有爲，一飛沖天之日，指日可待啊。」

沈傲受寵若驚地道：「如此，多謝太師了。」卻在心裏惡狠狠地想：皇帝給我賞賜還需要你上疏？老傢伙的臉皮真是比城牆還厚，自己這一件功勞，加官進爵本就是少不了的，你上不上疏，也無礙大局，偏偏這個時候說得這麼動聽，到時候皇帝下了恩賞，若是換作一個愣頭青，只怕還真傻傻的感謝這個老狐狸的提拔呢。

講武殿裏，在深處寬闊的龍庭俯瞰階下百官的趙佶，那含光帶箭、幽深審視的眸子看得人心裏發怵。

趙佶板著臉，看著庭下跪倒的幾個官員，沉默了片刻，道：「沈傲豈叫無寸功？取回燕雲四州，已是天下的功績，朕要封他爲公，又有何不可？」

階下四個官員紛紛道：「武者開疆封爵，這是先祖立下的規矩，沈傲非武臣，豈能進爵？況且國公實在太高，以他的功績，封開國子爵已是恩典，陛下如此不惜爵位，實是破壞了祖宗的成法。」

趙佶吸了口氣，臉上佈滿陰雲，卻是一時無言，這些人拿出祖宗成法出來，倒是讓他一時不好強硬，冷淡地道：「退下吧，朕知道了。」

知道了！這三個字很不靠譜，鬼知道他是接受了勸諫還是拒不接受？

站在一旁的楊戩心中自是喜氣洋洋，垂頭偷偷地看著趙佶又翻起御案上互換的國書，這國書上每一條都不簡單，遼國皇帝向趙佶自稱爲弟，須知就是太祖太宗在時，契丹人也沒有這樣低聲下氣過。

至於那納貢，也一改從前歲幣的政策，雖說大宋並沒有占到多大的便宜，可是對於富足的大宋來說，與契丹人平等交易就已是很大的奢望，更何況換來的是馬匹。

須知大宋因爲沒有草場，養馬困難，就算是圈養，也難以養出以供騎軍用的軍馬，有了契丹人每年輸入的萬匹駿馬，禁軍騎軍司就不再是徒負虛名了。

真正的好處在於割地，楊戩清楚地記得，就在幾日之前，吳文彩先行歸國，將這份互換的國書獻上，趙佶看到國書的最後一條內容，幾乎是手舞足蹈，連夜召集三省、三衙的官員入宮商議，當即拍板了收復事宜，爲此，這位一向對國事並不熱衷的皇帝，竟是一宿未睡，專心去琢磨派駐官員，設立河北東路等事項。

有了這份大禮，官家大喜過望，沈傲更是大功一件，如今論功行賞，雖說有人提出反對，楊戩卻知道，官家絕不會虧待沈傲，反對給他封賞的人越多，沈傲得的好處反而越豐厚。

這個道理尋常人聽了，或許很是費解，可是趙佶的心思，楊戩算是琢磨透了，越多人反對，官家反倒越覺得對沈傲不起，心中便有了虧欠，皇帝對臣子有了虧欠，這臣子還怕沒有飛黃騰達之日嗎？

楊戩是個能來事的人，有了這個心思，所以呢？他便悄悄地叫來幾個言官，咱家請你們彈劾沈傲，不但要彈劾，還要貶低，反正就是把他的大功說成無功，把他說得一無是處，能狠狠痛罵幾句，咱家將來一定好好照應你們。

這種匪夷所思的事，也虧楊戩做得出來，這幾個言官早就有巴結楊戩的心思了，只是一直尋不到門路，如今楊戩要「報復」沈傲，那還有什麼說的，捋起袖子好不容易等來了朝議，趙佶剛剛提及封賞的事，他們便按捺不住了，這個站出來說：沈傲這個傢伙其實也沒有多少功勞，不過是借著陛下的龍威嚇唬契丹人而已，契丹人也沒什麼可怕，所以呢，這一次沈傲也算不得有什麼功勞。

另一個見縫插針，很曖昧地偷偷看了楊戩一眼，滿面正氣地站出來說：

「陛下啊，沈傲這個人又年輕，又輕浮，生活作風還非常成問題，品性太差，這封賞就不必了，不但不能封賞，還要敲打他，最好一棍子敲死更好，如此一來，這汴京城的歪風就算剎住了，人民也能安居樂業，大家都能消停。」

這些做言官的，哪一個都是指桑罵槐、指鹿爲馬的高手，罵人是他們的本職工作，罵起人那是一套一套的，這一罵，趙佶就火了，明明沈傲立下了不世功勳，這些人竟將他說得如此不堪，明明人家盡職盡力，這些人卻雲淡風輕地說一句不過爾爾，真是豈有此理！

不過趙佶沒有立即發怒，言官本就是以罵人爲本職，身爲皇帝，對他們置之不理也就罷了，若是和他們認真，難免會有人說閒話，因而心裏已經有了計較，但口裏依然只是淡淡然地說了一句——朕知道了。

殿堂中鴉雀無聲，幾個言官見官家不冷不熱，也只能見好就收，尷尬地退回班中去。

沉默了許久，突然外頭有人傳報：「蔡太師、沈學士覲見。」

趙佶不由自主地站了起來，激動地道：「傳！」

過不多時，蔡京、沈傲二人並肩進來，還未施禮，趙佶已經虛抬了手：

「不必多禮，來人，給太師和沈傲看座。」

二人欠身坐下，趙佶看了沈傲一眼，見他風塵僕僕的樣子，心中一暖，不由地想：

「想必他連家都還沒有回，就急著趕來了，這兩個月，他確實辛苦了。」口裏便道：

「沈傲，朕問你，遼國那邊的情況如何？」

沈傲道：「累卵之國，已不足爲慮。」

趙佶頷首點頭，意氣風發地道：「好，這一次你立下了大功，可要什麼賞賜嗎？」

按常理，皇帝問大臣這個問題，但凡心智健全的，立即會說「爲國家效力，爲陛下效忠是微臣的本分，微臣不敢居功，更不敢求賞。」然後皇帝大喜，立即給了他很多賞賜。

這幾乎是一個套路，反正是皇帝都這樣問，是臣子都這樣答，一點都不新鮮。因此，當趙佶問起這句話，所有人都不以爲然，並不覺得什麼稀奇。

誰知沈傲臉色一板，道：

「微臣這一趟出使，沒有功勞也有苦勞，原本是不該向陛下邀功的，不過，微臣家中有四位賢妻，府裏上下的用度也十分緊湊，咳咳……這天下都是陛下的，陛下的財富囊括九州四海，隨便賞賜微臣一點東西，就足夠微臣受用了。」

沈傲頓了頓，在無數人無語的目光之中，侃侃而談：

「所以這個賞，陛下若是能給，微臣一定感激涕零，爭取將來再立新功，用實際行動，創造更大的功績。不過，微臣有個小小的請求，陛下能不能不要賞賜布帛、絲綢之類的東西，微臣這個人懶得很，領了這些賞，還要拿去市場裏出售，浪費時間不說，說不定人家還要講講價錢，賠了本錢，所以陛下折現就好了，微臣更方便一些。」

「……」

趙佶沉默了好一會兒，才失笑道：「好，就依你，朕賜你銀五千兩吧。」

「五千兩？」沈傲心裏大罵，這皇帝比耶律大石還小氣啊，人家耶律大石一點土產折合白銀都有五萬兩，到了大宋皇帝這裏，反倒只給了一個零頭。心裏大是不喜，可是口裏總不能說嫌少的話，只好道：「陛下隆恩，微臣領受。」

趙佶繼續道：「此次你收復燕雲四州，功不可沒，朕封你爲高陽侯，你可滿意嗎？」

第一四四章
相思病

趙佶道：「朕只知道前些時日許她出宮去走了走，回來之後，她便病了，聽宮人的口氣，她害的應當是相思病……」

相思病……

沈傲想起上一次安寧寫的詞兒，老臉一紅，她相思的人不會是自己吧？

高陽？又是一個坑爹的官，高陽是在宋遼邊境的一個縣城，屬於正二品的縣侯，地位不低，唯獨有一點比較鬱悶，不知高陽若是失守了，自己食邑的收入還有沒有？

「陛下隆恩，微臣領受。」沈傲重複著方才的話，管他呢，皇帝給什麼，他先接著，客氣個屁，有總比沒有的好；開國侯在這年月也是個稀罕物，不是誰想撈就能撈到的，正二品的爵位呢！

趙佶笑了笑，道：「朕還聽說鴻臚寺寺卿致仕，你就頂替他的位置吧，與人打交道的事你在行一些，替朕去應付各國使臣。」

鴻臚寺寺卿?!沈傲眼睛一亮，比起開國侯來，他對這個職事官最有興趣，這可是正兒八經的正三品官職，比六部的部長們也只是相差一品而已，而且又接待各國使者，甚至還有權對各國往來的商人進行管轄。

別看這個職位有點偏，比不得什麼刑部尚書、大理寺卿、戶部尚書那樣八面威風，油水卻是最豐厚的，但凡是使節，既然來了，多少要打點送禮，送禮的對象如何能少得了鴻臚寺寺卿？

這還只是小頭，真正的大頭是各國的商賈，能進行國際貿易的商人，哪一個不是腰纏萬貫，進了地頭，自然要拜一拜地頭蛇，在他們眼裏，鴻臚寺寺卿就是最大的地頭蛇，所以各種奇珍古玩是少不了的，你還不能不收，你不收就是不給人家面子，是看不起國際友人，國際友人們傷了自尊，豈不是傷了大宋的體面？大宋的體面很要緊，所以沈傲只能勉爲其難。

這倒也罷了，最重要的是，這個職位最大的好處就在於既能撈油水，又不會有心理負擔，反正又貪不到百姓頭上，收拾的是外國人，還都是鮮衣怒馬的外國人，真是一點壓力都沒有。

「謝陛下隆恩，微臣感激涕零。」剛才是微臣領受，現在是感激涕零，由此可見，沈大才子這一次是真高興了，這一趟遼國之行，確實沒有白白浪費時間。

趙佶話音剛落，殿中群臣紛紛交頭接耳，眼中儘是詫異，一個縣尉直接入主鴻臚寺，這是歷代都不曾有的事，這升官的速度已不能用一飛沖天來形容了，於是便有人站出來，道：

「陛下，微臣以爲不可，沈學士固然立下大功，可是畢竟年紀尚輕，還需歷練一二……」

這人的話說到一半，沈傲已經打岔了：

「大人維護我的心思，下官明白，非常明白，不過我雖然年輕，可是歷練卻是不少，寺卿之職自是重若千斤，可是下官知道，只要懷著一顆忠君愛國之心，便是有再大的困難，下官一樣自信能夠勝任，大人說了這麼久，還是歇歇吧。」

「……」

接著又有人道：「陛下，沈學士固然立下了大功，可是只做過縣尉，便任他做鴻臚寺卿，只怕不妥。」

沈傲叫道：「大人這是什麼話？縣尉怎麼了？難道大人不是從縣尉做起的嗎？大人，你和我說清楚，你這是不是故意歧視縣尉，看不起在下？哼，你身爲戶部侍郎，雖是高官，卻歧視於我，實在可恨，今日我若是不代表天下千千萬萬個縣尉向你討個公道，我便不姓沈！」

他走過去扯住這戶部侍郎的袖子，道：

「你說個清楚，不說個清楚，我和你不共戴天，你欺負我倒也罷了，可是縣尉乃是太祖皇帝訂立下來的職事官，你看不起縣尉，是不是也瞧不起太祖皇帝，我代表天下所有的縣尉，代表太祖皇帝，代表月亮，今天就要消滅你！」

「……」侍郎大人何曾見過這等難纏的人，嚇得臉都白了，期期艾艾地道：「沈學士……沈學士……有話好好說，不要動粗嘛……」

趙佶卻是不說話，沈傲在下頭胡鬧，這殿中頓時鬧哄哄的，都來拉架，這個扯住沈傲，勸道：「沈學士不要計較，劉侍郎也是好意，是希望你好好歷練歷練，將來擔起更大的責任。」

那個道：「是啊，是啊，有什麼話不能好好說，當著官家的面，在這朝堂上鬧成這樣子成什麼體統了。」

沈傲道：「你的意思是不是說，等下了朝，我再和他計較不遲？」

「……」

更有甚者，不知什麼時候塞了一個牙笏給沈傲，這牙笏乃是上朝時官員用來記事用的，一個長條形的板子，實在是做凶器的好材料。只是……

「誰塞給我的？」沈傲很惱火，又找不到人，他不過逢場作戲而已，嚇嚇那些反對他當官的人罷了，塞牙笏給他的官員，一定是那劉侍郎的仇人，巴不得沈傲替他打劉侍郎一頓，這做官的，用心還真他娘的狠毒。

趙佶似笑非笑地看著這一幕，看時候差不多了，才是厲聲道：「夠了！」

趙佶發話，殿內暫態肅靜起來，所有人鬆開手，沈傲抱著手，朝劉侍郎給了個挑釁的眼神，最終還是乖乖退到了一邊。

趙佶俯瞰了眾臣一眼，大怒道：「沈傲升任鴻臚寺卿，還有誰有異議嗎？」

鴉雀無聲。

誰都不是傻子，沈傲這傢伙看上去斯斯文文的，原來是個愣頭青，當著皇上的面都敢動手動腳，誰知道今天反對了他，哪天自己下了班，這傢伙會不會衝出來給自己拍一塊黑磚，明哲保身，愣頭青這種稀罕物，還是少惹爲妙。

趙佶看無人反對，拂袖道：「既如此，就這樣定了，沈傲，隨朕去給太后問安，退朝吧。」說罷，帶著楊戩率先出殿，揚長而去。

沈傲見狀，立即尾隨過去，追上了趙佶，卻不是去尋太后問安，而是到了文景閣，趙佶始終不發一言，待到了文景閣裏，一屁股坐在榻上，叫人上茶，又叫了生了炭火，才怒道：

「沈傲，你太放肆了！」

沈傲連忙道：「陛下息怒，是臣衝動了一些。」

趙佶狠狠道：「下不爲例，殿堂之中豈容你這般胡鬧?!朕知道你是江山易改，本性難移，一向散漫慣了的，可是如今要做鴻臚寺卿，代表朝廷安撫四方，做出這樣有辱斯文的事，不怕被人取笑嗎？」

胡亂罵了沈傲一通，沈傲倒是很光棍，拉聳著耳朵不說話，偶爾說幾句「陛下這番話，微臣茅塞頓開。」接下來又一句「真是一語驚醒夢中人，微臣知錯了。」罵到後來，連趙佶都懶得罵了，轉而捋鬚道：

「議和之事，你辦得很好，超出了朕的意外，此次收復了燕雲四州，朕就是死，也有臉去見先帝了。」

沈傲很識趣的道：「這也是陛下文成武德，王八之氣濺射宇內，契丹人聽了陛下的威名，已是瑟瑟作抖，紛紛說大宋皇帝乃是真龍轉世，不可匹敵，這才讓微臣撿了個便宜。」

趙佶笑罵道：「你這傢伙怎麼卻突然又懂事了，說得這樣好聽。」

沈傲板著臉道：「微臣說得句句屬實，若是有一句虛言，就詛咒微臣生兒子有屁眼。」

趙佶聽他胡說八道，也板起臉來：

「坐下，不許胡亂說話，朕今日罵了你，也誇讚了你，可是不管如何，朕是爲了你好，你好生坐著，朕有話要和你說。」

沈傲連忙呆坐不動，道：「陛下有話，但說無妨。」

趙佶嘆了口氣：「安寧又病了。」

想起那溫柔的公主，沈傲心中暖暖的，聽說她又病了，再見趙佶這般憂心忡忡的樣子，便知病得不輕，心中頗爲擔憂，升官發財的喜悅一下子沖淡了不少，道：

「要不要微臣去看看？」

趙佶擺擺手：「只怕連你也看不好她，朕叫了太醫，太醫說她得的是心病。」

「心病……」

趙佶嘆了口氣：「這個孩子，自小身體就孱弱，哎，朕見她病得如此重，一想起她還在病榻上，便覺得天大的喜事，心裏卻總是放不下，這幾日都是轉側難眠，既爲了國事，也在想醫治的辦法。」

「看來我今夜也睡不著了。」沈傲心裏唏噓，那溫柔的影子在他腦海中浮現，那一笑嫣然的溫柔身姿，叫他心情黯然。

「陛下可知她的心病是什麼嗎？」

趙佶道：「朕只知道前些時日許她出宮去走了走，回來之後，她便病了，聽宮人的口氣，她害的應當是相思病……」

相思病……沈傲想起上一次安寧寫的詞兒，老臉一紅，她相思的人不會是自己吧？

隨即，趙佶惡狠狠的道：「若是朕知道是誰害她這副模樣，一定將此人刺配充軍，哼！」他臉色鐵青，佈滿血絲的眼睛很是恐怖。

沈傲心裏發虛，連忙道：「陛下這樣做就不對了，或許人家也不是有意要去勾搭帝姬，男女之間生出情愫或許只是一轉眼的事，這種事越是干涉，只會叫安寧帝姬的病愈發嚴重，陛下仁心仁聞，一定不會做出這種事的。」

方才聽到「發配充軍」四個字，沈傲心裏就打起了哆嗦，連忙勸解。

趙佶想了想，撫案不語，慢悠悠地道：「你說得也對，可是朕想起那人，便如鯁在喉，總是不能便宜了他。」

沈傲正色道：「陛下愛女之心，天下皆知，不過微臣以為，這是一件好事啊，帝姬看上的人，自然是英俊瀟灑，玉樹臨風，如謙謙君子，這般的少年俊傑，陛下應該以仁心去對待他，要感化他，就算知道此人是誰，和他講道理就好了，何必要動手動腳，會嚇壞人家的。」

趙佶奇怪的望著沈傲：「你維護這人做什麼？」

沈傲連忙道：「我……我……」眼珠子一轉，大義凜然道：「微臣食君之祿，自該忠君之事，陛下是個好皇帝，豈能因為嗔怒而亂造殺業，身為臣子，自該奉勸陛下。」

趙佶想起安寧，哀嘆連連，看不出沈傲臉上的異色，道：「你說得不錯，只是心病還須心藥醫，朕知道你的主意多，你來給朕出個主意吧。」

沈傲道：「解鈴還須繫鈴人，當務之急，是把那人尋出來。不知安寧帝姬可曾描述過那人的體貌特徵嗎？」

趙佶道：「她自是不肯說，不過，朕問過一些伺候她的宮人，安寧似是說過一個人，說此人最是聰明伶俐，是天下第一智者。」

沈傲手都顫抖了，看到趙佶望向自己，心裏說：你看著我做什麼，自個兒雖然聰明，可是「天下第一」這四個字卻是當不起的。等他發覺趙佶眼眸中仍是一片茫然，才鬆了口氣，看來趙佶還沒有想到自己這個嫌疑人。

好歹是大盜出身，心理素質沈傲還是很過硬的，立即鎮定下來，趙佶所遭遇的應該是心理學所說的盲區。所謂盲區，和「智子疑鄰」這個典故有些相像，懷疑某人時，已經將一些親近的人排除在外，或者說，壓根就沒有注意。

其實這種心理，很多人都是如此，明明答案就在身邊，卻忍不住鑽牛角尖四處去尋找答案，明明是個很簡單的答案，偏偏弄得複雜萬分，其實就是這種盲區效應。

沈傲在趙佶心目中是一種知己的存在，說穿了，沈傲就是趙佶的朋友，在趙佶的心裏，安寧既是沈傲的後輩；既是後輩，沈傲作爲長者，當然排除在嫌疑圈之外。這種心理看似有些荒謬，卻十分普遍。

「這樣吊著總不是辦法，早晚有一日要被看破，奶奶的，拼了！」沈傲心裏暗暗給自己鼓了氣，立即道：「陛下，微臣倒是有個辦法，可以醫治好帝姬的心病。」

趙佶一聽沈傲有了辦法，便知他又有了主意，眼眸閃出亮光：「你說。」

沈傲高深莫測的道：「招親！」

「招親？」趙佶一時黯然，不悅的道：「皇家之女，帝姬之尊，豈能招親？說出去只怕叫人笑話。」

沈傲鼓動道：「陛下錯了，這不但不是個笑話，反而是一段千古佳話。陛下想一想，皇家招親，條件自是苛刻，安寧帝姬不是說了嗎？她心儀的男子，是天下第一智者，那麼我們就在智慧上做文章，從中挑選出天下第一的聰明人來。

況且能吸引帝姬者，想必一定是倜儻英俊的少年，我們可以這樣，第一步，先進行遴選，凡是英俊瀟灑的少年都可以報名。第二步呢，則是鬥智，出些智題，再考一考琴棋書畫什麼的，反正但凡是智者懂得的東西，都可以拿來做題目。至於第三步，則是殿選，叫帝姬坐在珠簾之後，將合格者全部喚到一起，由帝姬親自看他們比試，誰勝出，最讓帝姬滿意，陛下就招他爲婿。

如此一來，帝姬尋了個如意郎君，陛下找了個多才多藝的佳婿，百姓們湊了熱鬧，而天下的才子和智者們又都有了表現的機會，這不是一段佳話是什麼？」

趙佶覺得沈傲的主意實在有些匪夷所思，可是轉念一想，這雖然有些驚世駭俗，卻也並非是胡鬧，遴選出個天下第一智者做皇家的女婿，倒也不至於辱沒皇家的身分。更緊要的是安寧，安寧這孩子，莫看她身體不好，可是心裏頭卻是最高傲的，尋常公侯家的子弟也瞧不上眼，若是真能選出一個如意郎君給她，或許還真能醫了她的心病。

只不過他還有幾分猶豫，總覺得此事很不靠譜，眼睛轉向楊戩，道：「楊戩，你以爲如何？」

楊戩心中叫苦，方才聽了沈傲那番話，再想起自己與沈傲去見安寧時這二人親近的模樣，心裏已經料到八成那安寧心儀之人就是沈傲了，偏偏這些話他不能說出來，也不敢說，只能憋在心裏，現在，沈傲又慫恿陛下去弄個什麼比智招親，天知道這傢伙又在打什麼主意。

憋了一肚子的氣，卻不得不回答趙佶的問題，小心翼翼地道：「奴才不知道，陛下自有公斷。」

趙佶見他如此，也不再問，捋鬚沉默了一會兒，道：

「朕要去問問安寧，看看安寧怎麼說。」

出了宮，沈傲忙不迭地回到家中，家裏頭那邊已經得知沈傲進城的事，所以也不至於倉促，剛剛進了門，便是沐浴、用飯，待沈傲吃飽喝足，穿著乾爽的衣衫，坐在白雪皚皚的亭下，滿是愜意地看著月色下的幾個嬌妻，心裏有著說不出的滿足。

房子有了，錢也有了，頂了個侯爵，還升了官，嬌妻環伺在身邊，在這夜裏坐在亭下，人生如此，夫復何求？

「夫君，還愣著做什麼，快出牌啊！」周若嗔怒地在旁提示。

「哦，哦，出牌，出牌……」沈傲握著一把葉子牌，如一盆冰水澆在頭上，澆散了一切心思，立即出了一張十萬貫出去。

「贏了！」周若是沈傲的下家，沈傲的牌一出，她大喜地將牌全部攤在桌上。

「咦……」沈傲很是心虛地道：「原來你一直在等這個十萬貫啊？哎，早知如此，我拆了牌也不讓你得逞。」

周若眨著眼睛，睫毛一顫一顫，笑得如咧嘴的貓兒，既溫柔又美得令人窒息，只是那漆黑幽深的眼珠兒轉了轉，道：「夫君，該脫衣了……」

「真的脫？這樣不太好吧，天氣這麼冷，而且讓下人們看到，有失體統啊。」沈傲眼睛亂瞄，看到遠處一個丫鬟拿著掃帚在掃雪，老臉通紅，身上的衣衫只有這麼多，一脫，叫他以後怎麼做人？

「老婆大人……」沈傲賊兮兮地笑了笑，吞了吞口水，道：「夫君我是堂堂高陽侯，鴻臚寺卿，很有國際影響的，大庭廣眾之下脫衣服，這怎麼了得？不如這樣，我去你房裏脫，給你看個夠好不好？」

周若失笑道：「願賭服輸，這是你說的，快脫，快脫。」

蓁蓁和唐茉兒都在邊上笑，看到沈傲祈求地投眼過來，希望她們能夠爲他說一句公道話，二女立即別過臉，當作沒有看見。

「老婆多也不全都可靠啊。」沈傲心裏發出感慨，很是悲憤地要脫衣衫。最可氣的，原本是想誆三個老婆一起打葉子牌，還想脫她們的衣衫，原以爲她們並不精通，沈

傲心裏還在想著，老婆不會老公教啊，來，來，來，夫君好好疼你……啊，不，是夫君好好教你，手把手教的那種。誰知這三個夫人哪一個都不是省油的燈，非但葉子牌厲害，還特會來事，拋來一個眼神，沈傲立即心猿意馬，驚鴻一瞥，連腿都酥了，牌打到這個份上，就是賭王也只有輸的份，沈傲那點使詐的功夫統統用不上了。

「好，脫就脫！」沈傲頓生豪氣，不就是脫衣服嗎？哥哥最擅長的就是脫人衣服，脫自己的和脫別人的又有什麼區別？

正準備解開腰間的玉帶，蓁蓁道：「好了，好了，若兒只是和你開個玩笑，這樣冷的天，你還真要脫嗎？」

唐茉兒見好就收：「是啊，若兒妹妹，懲戒了他，讓他記住教訓便是，這麼冷的天，若是生了病，還不是我們得要照顧他嗎？」

周若想了想，才是看著沈傲道：「便宜你了。」

沈傲保住了貞潔，很是感激地看了蓁蓁一眼，連忙呆坐著不動，木訥道：

「不便宜，不便宜，待會兒夫君連本帶利地讓你賺回去，不就是想看人體藝術嗎？夫君的偉岸身姿，讓你看個夠。」

周若啐了一口，眼眸中卻多了幾分溫情，道：「夫君還是早些睡吧，明日不是要去鴻臚寺值堂嗎？匆匆忙忙了兩個月，是要好好歇一歇了。」

沈傲握住她的手，熱淚盈眶：「願賭服輸，不在夫人面前脫衣服，夫君怎麼睡得著？人無信不立，你夫君是至誠君子，這衣衫一定要脫，夫人，我們現在回房了，好不好？」

周若俏臉通紅，看了蓁蓁、唐茉兒一眼，道：「你胡說八道什麼。」

沈傲來勁了，要不怎麼叫心有靈犀呢，她的一個眼神，就知道她已是同意了，只是放不下面子，立即道：「這哪裡是胡說八道，雖說你夫君很想立個貞節牌坊，以示自己的人品高潔，可是既然輸了，又豈能耍賴，好若兒，走吧。」

蓁蓁和唐茉兒吃吃地笑，沈傲拉著周若，已是飛也似的跑了。

纏綿了一夜，沈傲一覺醒來，看著如小貓蜷在懷中的周若，心裏大是滿足，摸了摸她如綢緞一般光滑的胴體，沈傲才是戀戀不捨地出了被窩，穿了衣衫，草草用過了幾口飯，叫了劉勝去套了車，值堂去也。

若說汴京城裏哪個衙門最大，既不是那位高權重的吏部，更不是手掌天下錢糧的戶部，而是在這不起眼的如春坊裏的鴻臚寺。

整個鴻臚寺占地千畝，獨佔數條街道，門牆幽深，數重數進，裏頭又有無數獨院，裝飾奢靡豪華，雕梁畫棟，假山流水，閣樓瓊宇連綿不絕。

可以毫不客氣地說，汴京城中，除了皇宮，再沒有比這裏更加奢華，便是蔡京、楊戩的府邸也不能與它媲美。

其實道理很簡單，因爲這裏表面上有個「鴻臚」這般文雅的名字，其實本質就是大宋國家級涉外賓館，是用來接待外賓的，而且還不是什麼樣的外賓都接待，你還得有身分，比如你是國使，是藩王，或者說是王子之類，那才有資格入住。

既然如此，爲了包你滿意，讓你賓至如歸，還要展現大宋對你無微不至的關懷，讓你這鄉巴佬見識見識大宋的富足，這鴻臚寺當然不能寒酸。

寺卿大人初來乍到，況且這位頂頭上司還是個汴京內外知名的人物，鴻臚寺上下自然殷勤接待。

沈傲是個很負責的官員，大手一揮，道：「不要客套，也不要請本大人吃飯，本大人最討厭汙七八糟的那一套，立即帶我隨處看看。」

大小官員們頓時有些上火，上司討厭汙七八糟的東西，這可不是好兆頭，瞧這位寺卿大人相貌堂堂，一臉正氣，莫非真的是個廉潔奉公的君子？

帶著沈傲轉了一圈，到了一處叫「君來閣」的地方，這裏的景致當真是好極了，外庭是鬱鬱蔥蔥的奇花異草，裏頭陳設奢華無比，字畫、瓷瓶琳琅滿目，沈傲便拉著臉問：「這裏好像許久沒有人來住過是嗎？」

寺正是個老實人，叫席仲，連忙道：「大人慧眼如炬，這君來閣乃是兄弟之國王公住的地方，已有十幾年沒有人來住了。」

鴻臚寺雖是招待機構，卻也是將人分爲三六九等的，對待各國使臣，又分兄弟之國和藩國，兄弟之國便是西夏、遼國，至於藩國就多了，汗七八糟的一大堆，大國使節自然住大房子，小國的使節嘛，只好委屈委屈了。

除此之外，使節也是有身分的，有的只是大臣，也只好委屈委屈；可若是來了王子，甚至是藩王，自然房間要夠通亮，夠氣派才行。這君來閣建了許多年，本來就是給大國的王公們住的，是以許久沒有人來住，實在可惜。

沈傲搖頭道：「空著這麼大的屋子，卻無人來住，實在可惜，這豈不是糜費我大宋的錢糧？哼，這平時維護修繕，還有清掃的費用也是不少，你們身爲鴻臚寺官員，豈能如此糟蹋這房子?!」

眾人一聽，傻眼了，這是自古傳來的規矩，這房子雖然平時沒人，可若真來了人呢？是朝廷特意拿來以備不時之需的，寺卿大人突然拿這個臭罵大家一頓，實在有些冤枉。

沈傲嘆了口氣道：「爲了保護朝廷財產不致流失，節省開支用度，往後這間閣樓就讓我平時來住吧。你們也知道，有些時候本大人辦公累了，總要尋個地方小憩片刻，勞

逸結合才能爲朝廷再立奇功，對不對？」

「……」

大家面面相覷，眼珠子都要掉下來，卻都不敢搖頭，面對戶部侍郎，人家都敢動手動腳，自己又算哪根蔥，還是悠著點的好。

寺正席仲正色道：「不錯，大人日理萬機，斷不能因此累壞了身體，君來閣既是空著，就勞煩大人偶爾來住一住，也沒有什麼不可以的。」

沈傲嘆了口氣，目光很是深沉，吁了口氣道：「節省開支，本大人身體力行，住在這麼大的屋子裏，還真是爲難了本大人。」

「不爲難，不爲難……下官還要向大人學習。」大家都笑了，笑得很苦。

轉悠了一圈，沈傲算是正式走馬上任了。

第一四五章
公主招親

太后嘆了口氣：「好端端的帝姬，招個什麼親？
不過皇上說得也很有道理，安寧眼下身子骨弱，是該給她招一門親事。
安寧這孩子看起來很是溫順，可是心底兒卻是傲得很，招親倒也算是個不錯的辦法。」

新官上任三把火，沈傲第一把火，就重點放在了開源上，開源節流，任重道遠，這節流他倒是身體力行了。開源沒有理由不身先士卒，異國的番商們聽了新的寺卿走馬上任，一個個的跑來打點，沈傲還是那句話，請客吃飯就免了，本大人不是那種人，吃一兩頓飯也吃不出感情，諸位還是歇一歇吧。於是番商們又開始送禮，沈傲又生氣了，拿回去，把這些什麼琉璃樽、什麼珍珠、翡翠全部拿走。

這下可傻眼了，番商萬里迢迢來到這兒，自然也懂得有了門路才能安生做生意的道理，這位大人既不赴宴，又不要禮物，還真是難以下手。

大家一商量，乾脆來狠的，直接砸錢，一千貫你要不要？不要，就再加一千貫，一來二去，沈傲就抵受不住了，甘拜下風，順便還日進斗金，狠狠賺了一筆。

連續幾天都在鴻臚寺裏打秋風，沈傲也煩了，每日與一些番商們拉扯實在沒什麼意思，眼下還沒有開春，各國的使節也沒有興致過來，所以這幾日都沉悶得很。

倒是那太后，聽說沈傲回來了，幾次請沈傲進宮去打葉子牌，沈傲也是個很會來事的人，立即帶了一些稀罕的禮物進了宮，什麼琉璃樽，犀角飾物，一股腦地送過去，反正這些玩意也是番商的，收了人家錢，再來送禮，沈傲也就不推辭了，不過這些東西除了給幾個夫人，大多數都沒有什麼用處，沈傲也不缺這點錢，倒不如哄一哄老太太開心。

趙佶那邊自然也有禮物，一個番商送來了個犀牛雕塑，具有中亞特色的浮雕，這玩意兒趙佶倒是很喜歡，愛不釋手。

沈傲是個聰明人，別人給他送禮，他也不獨佔，所謂利益均沾，人人有份，給宮裏的后妃也時常地帶些禮物去，就是那太皇太后，沈傲也送去了，倒是教太皇太后有些不好意思，卻是勉強收下。

這一日又到了後宮，與太后打了好一會兒牌，太后對他印象已是極好，笑呵呵地對沈傲道：「昨日皇上和哀家說什麼招親的事，安寧那邊呢也同意了。」

沈傲故作驚訝地道：「啊？招親，什麼招親，我怎麼一點都不知道。」

太后板著臉道：「皇上說就是你出的主意。」

沈傲汗顏，沒曾想趙佶已將他出賣了，這一場戲算是浪費了表情，連忙道：「哦，我想起來了，好像是確實給陛下提過這個建議。」

太后嘆了口氣：「好端端的帝姬，招個什麼親？不過皇上說得也很有道理，安寧眼下身子骨弱，是該給她招一門親事，功勳貴族的子弟裏也沒幾個好的，要嘛是不成事的窩囊廢，倒是有幾個模樣周正，有幾分才華的，哀家特意見了，可是安寧聽了，卻都不喜歡。問她喜歡哪個，她又不肯說，真教人心焦得很。安寧這孩子看起來很是溫順，可是心底兒卻是傲得很，招親倒也算是個不錯的辦法。」

沈傲道：「還是太后開明。」

太后笑道：「我開明個什麼，昨日我爲這事罵了皇上幾句，說有失體統，皇上起先也沒說什麼，可是想了一夜，哀家算是明白了，他也是爲人父母的人，若不是實在沒有辦法，又豈會急得連這種主意都採納。沈傲，你是個有本事的人，聽說連契丹人都被你唬得團團轉，待會兒你去見他，就說哀家同意了。」

沈傲知道，太后這是不好意思去和趙佶示弱，所以叫自己做這引線人，便是連忙應下。

接著又去見趙佶，趙佶在文景閣裏愣愣呆坐，見了沈傲來，只是和他頷首點頭，又陷入踟躕，沈傲站也不是，坐也不是，等了好一會兒，趙佶才突然抬眸道：

「沈傲，你怎麼不坐下說話？」

沈傲站得腿都快要酸了，立即坐下，將太后的話轉述了一遍，趙佶大喜，道：「母后同意了？這便太好了。」隨即抖擻精神道：「這件事本想交給你辦，不過你嘛……」說罷，打量了沈傲一眼，隨即道：「太愛胡鬧，所以招親之事，還是交給蔡太師去做好了。」

沈傲道：「蔡太師爲人忠厚老實，又精明能幹，他來出馬，自然沒有問題的。」心裏想，忠厚是沒有，倒是臉皮很厚，精明倒是真精明，老狐狸能混到幾起幾落，到了這般年紀還能總攬三省事，獨攬朝綱，說他不精明那真是有鬼了。至於能幹嘛……

沈傲抬頭望著梁柱想了想，這蔡京只怕是自己未來在朝廷裏最大的絆腳石啊，問題是，他到現在還沒有真正地對自己出手，這才是真的可怕，一個人不怕賊，就怕給賊惦記，還不知道這蔡京老賊什麼時候會在自己的身後陰自己一刀呢！

趙佶不知沈傲所想，微微笑道：「不錯，你能這樣看太師，朕很欣慰，其實你們二人從前雖有嫌隙，往後就不要再生分了，前幾日太師入宮，提起你也是讚不絕口的。」

沈傲只是笑笑，卻是不說話，趙佶遺憾地道：「你好不容易回來，本想等你安生了幾日和你討教下書畫，只是安寧的事鬧得朕心煩意亂，你退下吧，好好辦差，不要辜負朕的期望。」

過了兩天，沈傲與三個嬌妻正在後園嬉戲，聽到有兩個丫頭低聲細語，這個說：「皇帝要招親？這可有意思了，據說許多才子都去報了名呢，這安寧公主最受皇帝寵愛，誰若是得了她的青睞，那真是羨煞人了。」

另一個丫頭道：「哎，人家公主多好，要尋個如意郎君，天下的男子都趨之若鶩，只可惜我們是苦命人，一輩子爲奴爲僕，將來嫁了人，多半也是個馬夫、廚子。」

小女孩天真浪漫，說話起來也沒有顧忌，說起此事，既是羨慕又有些哀怨自己的身

世，嘰嘰喳喳地說了一通，冷不防見沈傲突然出現，笑呵呵地對她們道：

「什麼公主招親？」

沈傲在家裏一向是個好脾氣的主子，家裏頭，周若、劉勝是扮黑臉的，而沈傲儘是做爛好人，反正他從不管家事，也不必樹立什麼威嚴。因此兩個丫頭雖是嚇了一跳，卻是不怕他，一個丫頭站出來道：

「少爺，坊間早就傳開了，說是安寧公主要選親呢，還說只要有功名的少年俊傑，都可以去報名，許多公子、相公都搶著去報名了，都想做這選親駙馬。」

沈傲還真是第一次聽到這個消息，雖然知道宮裏早晚會傳出旨意，只是沒有想到竟這般的快，笑呵呵地道：「公主選親和你們有什麼相干，不要老是聽些外頭的閒言碎語。」

兩個丫頭連忙說了是，便走一邊做事去了。

正好此時，蓁蓁不知從哪裡過來了，笑吟吟地道：「怎麼？莫非夫君對公主選親之事也有興趣嗎？」

沈傲板著臉，道：「天地良心，我已有四個嬌滴滴的妻子了，別說什麼公主，就是仙女下凡，也決不看她們一眼。」

蓁蓁只是笑，她穿著綠色長裙，雖是素顏，可是這一笑，卻有一種美妙絕倫的風情，尤其是那含情脈脈的眼眸，有一種勾人的風采，腰肢一扭，風韻更甚，道：「夫君的話我才不信。」

沈傲突然沉下臉來，有意無意地道：「蓁蓁，若是我真的帶了個人來給你們作伴，你說好不好？」

二人站在屋簷下，蓁蓁只是笑，只是這笑容之中，卻有幾分複雜，見四下無人，柔弱無力地倚著沈傲的肩膀，依偎在沈傲懷裏，迷茫地道：

「若說蓁蓁願意，夫君信嗎？」

沈傲搖頭：「不信。」

蓁蓁嘆了口氣，感受著沈傲胸膛帶來的溫熱，咬著唇道：

「蓁蓁心裏當然不舒服，在蓁蓁的世界裏只有一個沈傲，他是蓁蓁的夫君，是蓁蓁唯一的依靠；可是在夫君的眼裏，蓁蓁只占了幾成，這固然是女人的命數，可是蓁蓁自是希望夫君心中的女人越少越好。」

蓁蓁說著說著，淚水兒如珠鏈一般垂落下來，滴落在沈傲的衣襟上，久久才又道：

「可是蓁蓁卻明白，蓁蓁的夫君不是薄情寡義之人，拈花惹草本就是他的本性，他如何做，我身為妻子，便該依了他，只是希望他仍舊將蓁蓁放在心上就心滿意足了。」

前面的話，說得沈傲很是感動，可是後來對自己的評價，在這三伏天裏，猶如給沈傲當頭潑了一盆冷水，沈傲心想，原來在蓁蓁眼裏，自己喜歡拈花惹草，連忙緊緊地擁著她，低聲道：「蓁蓁在我心裏永遠是最好的。」

沈傲突然有一種放棄的衝動，可是很快，想到病重的安寧，卻又忍不住在心裏搖搖頭，冤孽啊。

趁著值堂的功夫，沈傲翹班了，前去禮部報名。

到了這裏，沈傲才知道這一次動靜實在太大，前來報名的士子、公子哥竟是密密麻麻，將整條街都堵了個密不透風，蔚爲壯觀。

沈傲一時插不進隊去，只好在角落裏先看看情況，便聽到邊上幾個公子哥眉飛色舞地說起安寧公主的美貌，一個個神采飛揚；沈傲不去理他們，便聽到後頭有人叫道：「沈大人。」

沈傲回頭一看，卻見鄧龍神秘兮兮地鑽過來，沈傲瞪大了眼睛，道：「鄧龍，你來做什麼？」

鄧龍嘿嘿地笑道：「來這裏，自然是要試一試運氣了。」

沈傲道：「你沒有功名，怎麼報名？」

鄧龍神氣活現地道：「我乃是建中靖國的武舉人，這豈不是功名嗎？你莫看我是粗人，說不準安寧公主喜歡的就是我這類型的也不一定。」

沈傲無語了。

又聽鄧龍道：「沈大人來這裏，莫非也是來報名的？哎呀呀，沈大人，不是我說你，你家裏都有這麼多妻子了，還不知足嗎？連弟兄們這個可憐的飯碗也要搶，還教不教人活了？」

沈傲叉著手，大義凜然地道：「你都能來，我爲什麼不能來?!少囉嗦，你來想想辦法，怎麼擠進去。」

鄧龍撓著頭，道：「我哪有辦法？」

正在這個時候，卻聽到永和巷裏傳出一陣喝罵聲，竟是幾十個家丁拿著棍棒，硬生生地將人驅開一條路來，當先一個囂張極了，高聲大罵：

「活膩了嗎？你這廝快滾開，連高衙內的路也敢擋，誰敢擋了路，就把你們一個個拉去騎軍司裏吃板子！」

沈傲眺望過去，看到那數十個窮凶極惡的家丁竟是硬生生地驅開一條路來，遇到囂張的高衙內，哪個不開眼的東西敢聲張，那家丁簇擁的，正是一個大冬天裏搖著花扇子，自作瀟灑狀的高衙內。

這高衙內身邊還有一個人，倒是生得風度翩翩，倨傲地負著手，與高衙內並肩而行。

是蔡行……

沈傲認出了這一對傢伙，心裏頓時有了主意，對鄧龍道：

「隨我來，我有辦法了。」

兩個人向那高衙內的方向擠過去，排開人群，終於到了家丁留出來的空地上，朝高衙內大聲招呼：「高兄別來無恙，哈哈，許多日子沒有見到你，倒是讓沈某想念了。」

高衙內舉著扇，一聽有人叫他，還以爲是哪個相識的紈褲子弟，往沈傲這邊一看，頓時嚇得面如土色。

須知上一次得罪了沈傲，沈傲非但毒打了他一頓，到了衙門，這位沈才子竟是一點都不怕，硬生生地讓他吃了大虧，乾爹好不容易將他保了出去，原本還想叫乾爹收拾收拾這個不開眼的東西，誰知高俅聽了他的話，竟是一巴掌打了他個七葷八素，還不忘警告道：「汴京城裏誰都可以惹，唯獨這個姓沈的，斷不能再去招惹！」

那一巴掌和警告猶在耳邊，一見沈傲，高衙內便如老鼠見了貓，嚇得連連後退，道：「你……不要過來。」

沈傲偏偏要過去，從容地搭住了高衙內的肩，如久別重逢的好友，笑嘻嘻地道：

「高兄這麼快就忘了我啦？哎呀呀，你也太沒義氣了，當年我們可是燒過黃紙、斬過雞頭的好兄弟，你到底認識不認識？再說不認識，我可要生氣的了！」

這一句生氣，嚇得高衙內打了個激靈，眼珠子一轉，苦笑道：

「認得，認得，是沈兄嘛，沈兄是我的好朋友，好兄弟，豈能不認識。」

「這就對了！」沈傲心裏得意一笑，手伸出來道：「就算是親兄弟也該明算賬，對不對，高兄還記得不記得前年借了我五千貫錢，快快還來。」

高衙內忍不住道：「我什麼時候欠了……」

這一句話出口，在沈傲冰冷的眼神之下，頓時不敢再說了，咬著牙道：「對，對，我想起了，只是我身上並未帶錢，這可如何是好？」

沈傲很真摯地拍著他的肩膀，笑哈哈地道：

「我們兩個誰跟誰，那是同穿一條褲子的交情，沒帶有什麼打緊，待會兒隨便給我立個字據，簽字畫押就行了。」

高衙內心裏在想：他這是不是訛詐？我該不該大叫一聲救命？

高衙內的心裏閃過這個念頭，終究還是不敢叫出來，這高衙內平時都是他欺負人，除了沈傲，還沒有人敢欺負到他頭上，對被人敲詐勒索的事實在沒有經驗，在沈傲面前，更是一個屁都不敢放。

「沈兄好興致，只是不知來這裏，也是要報名遴選嗎？」

沈傲對高衙內威逼利誘，蔡行只是在一旁含笑看著，此刻突然打斷二人，似笑非笑的望著沈傲，舉止從容淡定。

沈傲看著蔡行，蔡行長身而立，仍是那副矯揉造作的模樣，讓人看得生厭，嘴角微微一揚，道：「蔡公子能來，沈某哪有不來湊湊熱鬧的道理，只是這一次你的祖父是主考，這一次想必蔡公子一定是十拿九穩了？」

他故意在講祖父兩個字時抬高音量，就是故意說蔡行是想憑著蔡京的關係近水樓臺先得月。換作從前的那個蔡行，只怕早已怒不可遏了，可是經歷了許多事，蔡行總算有了幾分定力，只是淡淡一笑：「沈兄過獎，高兄，我們去報名吧。」

高衙內畏懼的望了沈傲一眼，道：「沈兄先請。」

有了高衙內的家丁開路，一路順暢無阻，沈傲和蔡行還有那尾隨過來的鄧龍都報了名，高衙內猶豫著也想報個名，沈傲一拍他的肩膀，笑呵呵的道：

「高兄，你那點三腳貓的本事還是算了吧，報了名，也是自取其辱，何必呢。」

高衙內不敢違逆他，只是連連道：「是，是……」

他算是畏懼沈傲到了骨子裏，這高衙內別看平時跋扈之極，遇到不好惹的骨頭就軟了，哪裡敢跟沈傲唱反調，可是心裏又有些不捨，看了蔡行和沈傲，更覺得有這兩個強力的對手，自己還真不是對手，咬了咬牙：「好，我就聽沈兄的。」

報了名出來，沈傲也沒有真要高衙內簽什麼字據，哈哈一笑，帶著鄧龍揚長而去。

高衙內畏懼的望著沈傲的背影吞了吞口水，心有餘悸的道：「見了他真是嚇了我一跳，早知在這裏會撞見他，我就不陪蔡公子來了。」

蔡行搖著扇子，眼眸中閃過一絲輕蔑，冷笑道：「你怕什麼，等著瞧吧，總有他好看的一日。」啪地一聲收攏紙扇，捏著扇柄把玩，似笑非笑的道：「你不信？」

高衙內目瞪口呆的道：「信什麼？」

蔡行輕視的看了高衙內一眼：「這個沈傲死期將至了。」

「啊……」在高衙內眼裏，沈傲猶如大山一般的存在，看見他，便叫他從貓變成了老鼠，連他爹都不敢動此人分毫，蔡京卻說的大話滿滿，高衙內還真有幾分不信。

蔡行淡淡然道：「招親的主意是他出的，安寧帝姬屬意之人也是他，哼，如今他又要參加遴選，實在是愚蠢至極，陛下會是連這都看不清？此人雖是簡在帝心，可是欺君之罪，卻足以教他死無葬身之地。」

高衙內心虛道：「蔡公子是從哪裡打聽來的？」

蔡行搖著扇柄道：「宮裏自然有人傳報消息，沈傲和那安寧，早就有一腿了，只是這事兒被楊戩壓下，宮人自然也不敢碎嘴，原本少宰王黼想借此攻擊沈傲，爺爺卻是不同意。」

高衙內忍不住問：「爲何太師不同意？這可是絕好的機會。」

蔡行搖搖頭，冷笑道：「這種事查無實據，真要彈劾起來，我們還沒有一擊致命的把握，所以爺爺的意思是，寧願讓他多快活幾日，讓他自己忍不住跳出來，高兄，你看，他現在不是跳出來了嗎？等著瞧吧，好戲還在後頭。」

高衙內見他如此篤定，頓時大悅：「就憑蔡公子這句話，我非要做東請公子好好吃喝一頓才好，那沈傲若是真的成了階下囚，嘿嘿……看我如何整治他。」

他頓時又神采飛揚起來，方才憋了一肚子氣，轉眼之間神氣活現，晃著腦袋自鳴得意。

到了晌午，沈傲不知不覺到了唐府。

岳母大人不在家，聽人說是去新宅見唐茉兒了，倒是岳父在，沈傲進去問了安，隨即坐在唐嚴的對面，嘆了口氣，欲言又止。

唐嚴溫文爾雅的望著這個女婿，見他一副心事重重的樣子，便道：「賢婿可有什麼心事？」

沈傲淡淡一笑，道：「岳父，有一件事，我不知道該不該去做，若是不做，心中難安，還會辜負一個人的心意；可是去做的話，又會伴著幾分危險，甚至……可能會死。」

別看沈傲嘻嘻哈哈，可是在心底，他豈能不明白招親不啻是在冒險，欺君之罪，換了誰也承擔不起，可是他隱隱又覺得，不去做，他一輩子都不會痛快，一輩子都會內疚。

宮裏的那隻百靈鳥兒鬱鬱寡歡，他喜歡安寧，而安寧也屬意於他，一直以來，他都在選擇逃避，害怕引火焚身，害怕擔起這天大的干係，可是木已成舟，安寧在宮中臥榻不起，自己身爲男兒，還能再視而不見？

去報了名，沈傲就已下定了決心，之所以來尋唐嚴，不過是想從這個恩師兼岳父的口中尋得幾句寬慰罷了。

唐嚴沉默。他慢吞吞的斟茶，自若的舉起杯盞，吹著茶沫，卻又將茶杯放下，抬起眸來，很是平靜的看著沈傲，道：「你用生命去甘願爲他冒險的人，此前可曾有過承諾嗎？」

沈傲想了想，道：「口上沒有，可是心裏已經有了。」

唐嚴又是沉默，臉色凝重起來，卻又突然變得靜謐起來，一雙眼眸逐漸清澈，道：「老夫現在不能回答你的問題，能不能容老夫沐浴更衣，再來回答？」

沐浴更衣？他不會是想沐浴更衣之後來揍我一頓吧？沈傲心裏苦笑，以唐嚴的智慧，應當已經知道這涉及到男女之事了，女婿這麼風流，還要爲別的女人去拚命，做岳丈的，不拿刀來砍人就已經很給面子了。

他端坐著巍然不動，頷首點頭道：「請岳父大人先行沐浴。」

連死都不怕，還怕岳丈嗎？捨得一身剮，敢把岳父拉下馬，怕個什麼。

請續看《大畫情聖》十　折騰天下

大畫情聖 九 漫天要價

作者：上山打老虎
發行人：陳曉林
出版所：風雲時代出版股份有限公司
地址：105台北市民生東路五段178號7樓之3
風雲書網：http://www.eastbooks.com.tw
官方部落格：http://eastbooks.pixnet.net/blog
Facebook：http://www.facebook.com/h7560949
信箱：h7560949@ms15.hinet.net
郵撥帳號：12043291
服務專線：(02)27560949
傳真專線：(02)27653799
執行主編：朱墨菲
美術編輯：許芷姗

法律顧問：永然法律事務所 李永然律師
北辰著作權事務所 蕭雄淋律師

版權授權：蔡雷平
初版日期：2014年3月
初版二刷：2014年3月20日
ISBN：978-986-5803-34-6

總經銷：成信文化事業股份有限公司
地　址：新北市新店區中正路四維巷二弄2號4樓
電　話：(02)2219-2080

行政院新聞局局版台業字第3595號 營利事業統一編號22759935

國家圖書館出版品預行編目資料

大畫情聖／上山打老虎 著. -- 初版. -- 臺北市：
風雲時代，2013.08 -- 冊；公分

ISBN 978-986-5803-34-6（第9冊；平裝）

857.7　　102015353

風雲時代